KB232524

天山魔帝
천산마제
일russ 新무협 판타지 소설
FANTASTIC ORIENTAL HEROES

천산마제 1

일륜 新무협 판타지 소설

초판 1쇄 찍은 날 § 2010년 2월 8일
초판 1쇄 펴낸 날 § 2010년 2월 18일

지은이 § 일륜
펴낸이 § 서경석

편집장 § 문혜영
편집 § 서지현 · 주소영

펴낸곳 § 도서출판 청어람
등록번호 § 제1081-1-89호
등록일자 § 1999. 5. 31
어람번호 § 제2-1886호

주소 § 경기도 부천시 원미구 심곡2동 163-2 서경B/D 3F (우) 420-822
전화 § 032-656-4452 팩스 § 032-656-4453
http://www.chungeoram.com
E-mail § chungeoram@chungeoram.com

ⓒ 일륜, 2010

ISBN 978-89-251-2082-9 04810
ISBN 978-89-251-2081-2 (세트)

천산마제

청어람

第一章
황보세가의 식객

천산마제

“이거 가져.”

어디선가 깜찍한 목소리가 들려왔다.

흙더미에 등을 기대고 있던 소년이 반쯤 눈을 떠 목소리의 주인을 쳐다봤다. 눈이 얼굴의 반은 차지하고 있는 열 살 정도의 소녀였다.

“이거 받아.”

소녀는 소년과 눈이 마주치자 활짝 웃으며 손을 폈다. 작고 고운 손에는 은자 한 닢이 쥐어져 있었다.

“……”

“받아, 자.”

“…찮아…….”

소년은 거의 들리지 않을 정도의 작은 목소리로 중얼거린 후 다시 눈을 감았다.

“괜찮지 않아. 소소는 이걸 줄 테야.”

소녀는 입술을 앙다물며 다시 은자를 건넸다.

‘귀찮다고 한 건데…….’

소년의 얼굴에 건조한 웃음이 필 때였다.

무언가 무릎을 건드리는 느낌이 들었다.

반쯤 눈을 뜨자 소녀가 화난 표정으로 서 있었다.

“소소가 그냥 주는 것 아니야. 나중에 갚아.”

“…….”

“자.”

소녀는 소년이 받지 않자 억지로 은자를 손에 쥐어주더니 그대로 달아나듯 마차로 가버렸다.

“…….”

소년은 멍한 눈으로 소녀를 바라보기만 했다.

무슨 상황인지 알게 됐을 때는 이미 소녀가 마차와 함께 멀어진 후였다.

실룩.

소년의 얼굴 근육이 움직였다.

“…빚인 건가…….? 귀찮게시리…….”

소년은 내일을 기약할 수 없는 땅으로 들어가야 하는 운명을 짊어지고 있었다. 그런 상황에서 빚을 지게 된 것이다.

픽.

소년의 입가에 메마른 웃음이 감돌았다.

나쁜 것만은 아닌 모양이다.

그렇게 십 년의 세월이 흘렀다.

＊　　　＊　　　＊

당당한 걸음걸이로 태산을 오르는 이십대 중반의 청년의
이마에는 푸른빛이 감도는 영웅건(英雄巾)이 둘러져 있었고,
역삼각형의 상체와 균형 잡힌 하체를 회색빛 복장이 편안하
게 감싸고 있었다.

"이 근처였던 것 같은데… 여긴, 십 년 전에 꽤 큰 바위가
있지 않았나?"

청년은 혼잣말을 중얼대다가 도저히 안 되겠는지 영웅건
을 긁적이며 바위에 앉았다.

금방이라도 찾을 수 있을 것 같았던 장소가 도통 나타나질
않은 까닭이다.

청년의 담백한 눈이 구름 한 점 없는 파란 하늘을 담았다가
다시 땅으로 내려왔다.

"웃. 간지러워."

열린 앞섶으로 바람이 들어가 살갗을 간질인 모양이다. 앞

섶에서 빠져나온 청년의 손에는 목걸이가 쥐어져 있었다.

은자에 구멍을 뚫어 가죽으로 묶은 목걸이.

청년은 목걸이를 쥐고서 갑자기 '픽' 웃었다.

목걸이에 담긴 특별한 사연이 떠오른 것이다.

청년이 좀 더 행복해지려 할 때였다.

'응?

산에 오르는 동안 도통 볼 수 없었던 사람이 무려 셋이나 한꺼번에 모습을 드러냈다.

길 끝, 뚱뚱한 몸으로 뒤뚱거리며 연신 땀을 흘리는 중년인과 그 뒤를 따르는 두 남녀가 걸어왔다.

'반가운 건 반가운 건데… 묘한 분위기네? 대화도 안 할 거면서 왜 동행을 하고 있…….'

청년의 의아한 눈이 갑자기 동그랗게 변했다.

세 사람이 청년과 이 장 정도 떨어졌을 때 바람이 불어 여인의 얼굴이 보인 탓이다.

"아……!"

청년은 자신도 모르게 나직한 탄성을 터뜨렸다.

여인의 옷차림은 어디서나 흔히 볼 수 있는 평범한 마의였는데, 머리칼이 양쪽으로 벌어지며 드러난 얼굴은 가히 충격이라 할 정도로 아름다웠다.

태어나 지금까지 한 번도 햇빛을 받아본 적 없는 하얀 살결과 한 번 보면 잊지 못할 것 같은, 차분하면서도 고요한 눈동자를 가진 여인이었다.

"저, 저기요! 말씀 좀 여쭙겠습니다."

발작적이라고 해야 옳았다.

청년은 이대로 여인을 지나치게 해서는 안 된다는 생각과 동시에 외쳤다. 다행스럽게도 여인이 청년을 향해 시선을 돌려주었다.

"황보세가를 찾고 있습니다, 소저. 어디로 가야 찾을 수 있는지 알려주시겠습니까?"

청년의 한마디에 세 사람의 안색이 동시에 굳었다.

"황보세가는 왜 찾느냐?"

덩치와 어울리지 않는 얇은 목소리의 뚱보중년인이 청년을 노려보며 물었다.

흔히 들을 수 있는 목소리가 아니었다.

청년은 신기한 눈으로 뚱보중년인을 쳐다봤으나 이내 시선을 돌려 버렸다.

"그럴 일이 있소. 아쇼?"

"아, 아쇼? 이놈 봐라? 촌뜨기라 이 몸이 누군지 모르는 모양인… 인……."

뚱보중년인은 청년에게 엄포를 놓으려다 말고 갑자기 말을 더듬었다.

청년은 그저 뚱보중년인을 돌아봤을 뿐이다. 물론 그런 말을 했다는 사실을 믿을 수 없다는 눈으로.

"설마… 그 말, 나한테 한 말 아니지?"

"……."

"아니지?"

청년의 표정이 살짝 굳어져 있었다.

"그… 윽, 윽."

분명 뚱보중년인은 '그랬다. 어쩔래?' 라고 말하려 했다. 하나 말이 나오기도 전에 파닥거리는 그의 볼이 양쪽으로 흔들렸다.

"에이, 아니겠지. 아무리 정신이 없어도 처음 보는 사람에게 '이놈, 저놈' 했을 리가 없어. 그렇지?"

"……."

청년의 거침없는 행동에 뚱보중년인은 대답도 못하고 얼굴을 청년의 양손에 맡긴 채 가만히 있었다.

"소협, 그만하세요. 집사님이 함부로 말한 건 잘못이지만 소협 또한 잘한 건 없습니다. 집사님을 놓아주세요."

'어?'

청년은 놀란 눈으로 여인을 돌아봤다.

기억 속의 누군가를 떠올리게 하는 야무진 목소리였다.

"저 고개 너머 아래쪽을 보시면 좌측으로 소로가 나 있어요. 그 길을 따라 내려가시면 찾는 곳이 나올 거예요."

"소저는……."

"집사님, 가시죠."

여인은 청년의 말을 끊으며 옆에 있던 남자와 함께 청년의 옆을 지나쳤다.

"네, 네놈, 두고 보자!"

여인 덕분에 뚱보중년인은 청년에게 잡혔던 볼을 손으로 어루만지며 급히 자리를 떠났다. 하지만 뒤뚱거리며 바쁘게 움직이면서도 경고는 잊지 않았다. 청년을 가리키며 손으로 목을 긋는 시늉을 한 것이다.

"내가 뭘 어쨌다고. 사연이 있으면 눈치를 좀 주던가 하지……."

청년은 뚱보중년인의 행동 따위는 눈에 들어오지도 않았다. 막 지평선 너머로 사라지던 여인이 뒤를 돌아본 탓이다.

여인의 눈은 미안해하고 있었다.

"뭐야, 저 눈은?"

청년은 여인의 묘한 행동에 호기심이 일었으나 이내 여인이 알려준 방향으로 돌아섰다. 황보세가부터 찾는 것이 급선무였기 때문이다.

여인이 알려준 길로 일각(一刻)쯤 내려갈 때였다. 어느 순간, 앞이 탁 트이며 시원한 바람이 청년을 반갑게 맞아주었다.

"저기가 황보세가?"

아무리 둘러봐도 세가라 불릴 만한 전각 등이 보이질 않았다. 집들도 있고 논과 밭도 있지만 그것이 전부인 것이다.

청년은 고개를 갸웃거리며 마을로 들어섰다.

마을 입구에서 몇 걸음 걸었을까?

짱짱한 인상의 노인 한 명이 청년에게 다가왔다.

"자네, 처음 보는 얼굴인데?"

세 가닥 수염을 정성스럽게 매만지며 오 척 단신에 어울리는 종종걸음이 인상적인 노인이었다.

청년은 노인을 보고 활짝 웃었다.

"하하하. 대단하신데요? 제가 이곳에 처음 온 걸 어떻게 아셨죠?"

"잉? 그걸 왜 몰라! 이 마을에서 내가 모르는 건 없어!"

노인은 놀리듯이 묻는 청년을 언짢은 눈으로 바라보며 턱을 앞으로 쭉 뺐다. 나름 위협을 하려는 행동이었으나 청년에겐 웃기기만 했다.

"큭."

"왜 그리 웃어? 한번 해보자는 게야, 뭐야?"

"제가 어떻게 할아버지와 싸우겠어요. 오랜만에 좋은 분을 뵈니까 그냥 웃음이 나오네요."

"헐! 말은 잘하는군. 믿어주기로 하지. 그래, 예까지 뭔 일로 왔나?"

노인은 청년의 태도가 싫지 않은 듯 너그러운 표정이 됐다.

"일단 요기를 좀 할 수 없을까요? 요 며칠 동안 제대로 된 음식이라고는 먹어보질 못했거든요."

"젊은 사람이 못 먹고 다니면 안 되지. 식은 것도 괜찮아?"

"어이구, 감지덕지죠."

청년은 활짝 웃으며 연신 고개를 끄덕였다. 그 모습에 노인은 기가 막힌다는 듯 너털웃음을 터뜨리고 말았다.

"헐헐. 이리 와."

노인은 청년의 손목을 잡고 자신의 집으로 데려가려 했다.

"아, 그전에 한 가지만 여쭐게요."

"뭔데?"

"혹시 이 근방에 황보세가가 어디 있는지 아세요? 아무리 둘러봐도 세가라고 할 수 있는 규모의 집이 보이질 않아서……."

이상한 느낌이 들었는지 청년은 말끝을 흐리며 노인을 돌아봤다.

노인이 경계하는 눈으로 청년을 보고 있었다.

"넌 어디서 온 놈이냐? 이보게들, 다들 나와! 수상한 녀석이 왔어!"

"에?"

"어서들 나와 보라니까! 어서!"

노인의 고함에 마을이 갑자기 분주해졌다. 고개만 빼고 내다보던 아낙들과 손에 몽둥이를 든 사내들이 하나둘씩 모습을 드러낸 것이다.

"자, 잠깐만요. 할아버지, 왜 그러세요?"

당황한 청년이 노인의 손을 뿌리치며 물었다.

"황보세가를 찾는 놈이면 뻔하지. 천금장에서 보낸 게지? 도련님과 아가씨가 없는 틈을 타서 뭘 훔치려고 온 게야!"

"이자입니까, 촌장님?"

청년이 난감해할 때, 몰려든 사람들 중 가장 체격이 좋은 삼십대 초반의 사내가 나무로 만든 창을 들고서 다가왔다.

청년은 다시 한 번 난감해질 수밖에 없었다.

살기라도 느껴져야 손을 써보겠는데 마을 사람 누구에게서도 살기는 느껴지지 않았다. 아니, 살기를 드러내는 것조차 모르는 것이다.

"잠시 기다려 보세요. 저 나쁜 사람 아녀요. 할아버지께서 오해를 하신 거예요."

"오해? 황보세가의 땅에 와서 황보세가를 찾는 놈을 오해했다고?"

"오해죠."

"뚫린 입이라고……."

"제가 왜 황보세를 찾았겠어요?"

"잉?"

촌장은 청년의 반문에 한쪽 눈썹을 치켜떴다.

그런 촌장을 청년이 묘한 미소와 함께 쳐다봤다.

"촌장님 말씀대로 수상한 자네요. 일단 잡아놓고 소소 아가씨께 보여 드리도록 하죠."

대건은 눈에 힘을 주며 목창을 쥔 손에 더욱 힘을 가했다.

촌장은 그런 대건의 모습에 적이 안심이 됐는지 대건의 믿음직스러운 팔뚝을 두어 번 두드린 후 청년을 돌아봤다.

"어? 소소? 황보소소?"

"이, 이놈이 어디서 감히! 대건이, 자네 말대로 하는 게 좋겠네. 이놈아, 여기 대건이로 말하자면 우리 마을에서 힘이 제일 세! 함부로 날뛰면 용서없어. 흘흘흘."

촌장은 청년이 대항하지 못하도록 으름장을 놓은 것이었으나, 그 말 때문에 청년은 오히려 마음이 편해질 수 있었다.

그토록 찾던 사람에게 알아서 데려다 주겠다는데 굳이 일을 만들 필요가 없었기 때문이다.

"진즉 그렇게 말씀하시지. 알겠습니다. 손가락 하나 까딱하지 않겠습니다. 아! 먹을 거나 좀 주세요."

청년은 그 와중에도 너스레 떠는 것을 잃지 않았다.

그 모습에 촌장이 어이없다는 듯 바라보는 것으로 소동은 일단락됐다.

청년이 밧줄에 묶여 끌려간 곳은 마당이 유난히 넓은 집 헛간이었다.

"아음, 졸리다."

청년은 하품을 늘어지게 하며 헛간 벽에 등을 기댔다. 배를 채운 뒤라 그런지, 푹신한 짚에 기대 있어서 그런지 졸음이 몰려왔다.

"이게 얼마 만에 느껴보는 편안함이냐……."

청년은 늘어지게 하품을 한 후 그대로 눈을 감았으나, 얼마 지나지 않아 다시 상체를 세우고 앉았다.

"역시 나란 놈은 자리가 불편해야 잠이 잘 온다니까."

청년은 바닥에 깔려 있는 짚을 밀쳐 내고는 차가운 바닥에 다시 누웠다. 그리고는 이내 잠이 들었다. 피곤함 때문이 아니라 지금을 즐기기 위해서였다.

그렇게 두 시진이나 지났을까?

헛간 밖에서 여러 개의 발자국 소리가 들렸다. 무겁고 둔한 소리와 구별되는 가볍고 경쾌한 발자국이 끼어 있었다. 여자였다.

"여깁니다, 아가씨. 들어가시죠."

촌장의 목소리와 함께 헛간 문이 열렸다.

"음……."

빛이 한가득 쏟아져 들어와 청년의 눈에 부딪쳤다.

청년은 눈이 부신다는 듯 손을 들어 올리며 사람들을 쳐다봤다.

"당신은?"

여인의 맑은 목소리가 들렸다.

빛과 무관하게 사물을 식별할 수 있는 청년은 이미 여인이 누군지 알아본 후였다. 긴 머리에 평범한 옷을 입고 있는, 산

길에서 매몰차게 고개를 돌리던 그 여인이다.

"소저께서 친절하게 알려준 덕분에 찾아오는 건 어렵지 않았습니다. 촌장님께서도 무척 친절하게 이곳까지 손수 데려다 주셨고요."

청년은 의뭉스럽게 웃으며 인사를 건넸다.

그 천연덕스러움에 촌장의 얼굴이 붉으락푸르락 변화무쌍해졌다.

"저놈이 아직도 정신을 못 차리고! 아가씨, 놈을 아십니까?"

"아, 아니요. 천금장의 집사를 배웅하는 길에 잠깐 본 사람이에요. 한데, 저분이 왜 여기에 있는 거죠?"

"제가 말썽을 피우기 전에 이곳에 가뒀습죠."

'가뒀다고? 저 사람을?'

황보소소는 청년이 천금장의 집사를 다루던 모습을 본 후였다. 당연히 어리둥절한 표정이 되어 청년을 돌아봤다. 하지만 청년은 못 들은 척 시선을 위로 올리고 있었다.

"아가씨, 위험한 놈입니다. 집사 놈이 또 이상한 수작을 부리려고 하는 게 틀림없습니다."

"그렇지 않을 거예요."

황보소소는 팔까지 걷어붙이는 촌장의 모습에 '풋' 웃고 말았다. 집사를 다루던 청년의 실력이라면 촌장 등을 제압하기에 충분했을 텐데 그러지 않았다는 것은 다른 이유가 있음을 뜻했다.

"으이구, 이렇게 착한 아가씨를… 험험. 이런 놈을 다루는 건 제가 잘 압니다. 알아서 이실직고를 받아낼 테니 아가씨는 모른 척 물러나 계십시오. 이놈!"

촌장은 겁이라도 주려는지 호통을 치며 청년에게 눈을 부라렸다.

"촌장님, 이분은 천금장과 아무 관련이 없는 분이세요. 풀어드리세요."

"그럴 리가 없습니다. 천금장에서 보내지 않았다면 황보세가를 어찌 알고……."

"제가 알려 드렸어요."

"아… 아가씨께서……."

"예."

촌장이 말을 멈추자 헛간은 조용해졌다.

"소협, 오해가 있었던 모양이네요. 촌장님을 대신해 사과 드릴게요."

"사과를 하려면 제가 해야지 왜 아가씨께서 그러십니까?"

촌장은 황보소소가 고개라도 숙일까 봐 급히 양손을 내젓고는 청년을 향해 돌아섰다. 청년은 촌장을 보며 웃고 있었다.

"사람도… 험! 진즉 사정을 말했으면 이런 일이 없었을 것 아닌가?"

"사정은 들을 생각도 하지 않아놓고……."

"잉?"

"그렇잖아요. 배고프다는 사람 가둬놓고 밥도 안 주고……."

"내, 내가 언제?"

촌장은 깜짝 놀라 말까지 더듬다가 황보소소를 향해 돌아서서 고개를 절레절레 흔들었다.

"소협, 촌장님을 이해해 주세요. 악감정은 없는 분이신데 사정이 있어 그리하신 모양이네요."

황보소소의 표정이 어두워지며 청년을 향해 머리를 숙이려 할 때였다.

"에이! 별일도 아닌데 사과는 무슨. 그저 공짜 밥이나 먹을까 해서 한 말인데… 신경 쓰지 말아요."

청년이 벌떡 일어나며 대수롭지 않다는 듯이 웃었다.

"……."

"용악(龍岳)이라고 합니다. 제가 황보세가를 찾은 이유는……."

용악은 잠시 말을 멈추고는 황보소소를 물끄러미 바라봤다.

"이, 이유는요?"

"황보세가주께 입은 은혜를 갚기 위해서였습니다."

"으, 은혜요?"

"예. 십 년 전쯤 태산에서 은혜를 입은 적이 있습니다. 대기근이 태산 일대를 덮쳤던 때죠."

"아, 네에. 대기근……."

황보소소의 안색이 갑자기 창백하게 변했다.

"앞으로 걱정거리가 있으면 제게 말씀하세요. 깔끔하게 정리해 드리도록 하지요. 하하하! 그러니 그렇게 슬픈 얼굴은 하지 마세요."

용악은 호탕한 웃음과 함께 말을 마쳤다.

스스로 생각해도 너무 멋진 말이라고 여겼는지 은근히 황보소소의 좋은 반응을 기다리며 허리까지 반듯하게 폈다.

'잊고 있었는데……'

황보소소는 용악의 말을 듣지 않았다. 잊고 지내던 기억이 갑자기 떠오르며 현기증을 일으킨 탓이다.

황보소소가 아홉 살 때의 일이다.

태산에서 움직일 기력도 없어 보이는 한 소년을 발견하고 은자 한 닢을 건네준 적이 있었다.

'그건 잘못된 행동이었지……'

집으로 돌아온 황보소소를 아버지는 크게 혼냈다.

어설픈 호의 때문에 소년을 죽게 만들었다는 것이다.

그때는 몰랐으나 몇 년 뒤에 알게 됐다.

어설픈 호의는 사람을 죽게 만들 수도 있다는 것을.

황보소소가 은자를 건넬 때 지켜본 사람들이 소년을 가만

두지 않았을 것을.

황보소소는 생각만으로 정신이 아득해지며 심장이 벌렁거렸고 다리 힘이 쫙 풀어졌다.

'그 사람을… 잊고 있었어.'

황보소소의 안색이 창백해졌다.

"그러셨군요. 아버님께서 살아 계셨으면 많이 기뻐하셨을 텐데… 황보소소라고 합니다."

황보소소는 우울한 목소리로 대답하고는 힘없이 돌아섰다.

'몰라보는 건가?'

용악은 머리를 긁적이며 머쓱한 표정을 지었다.

머리를 매만지는 황보소소의 손은 십 년 전의 그 작고 고운 손보다는 많이 길어져 있었다.

"하하하, 황보소소. 정말이지, 미모만큼이나 아름다운 이름이십니다."

엄지를 치켜들며 감탄하는 용악의 행동은 가벼워 보이기에 충분했다.

"젊은 사람답지 않게 너스레는… 잉? 자네, 끈을 어떻게 풀었지?"

촌장이 혀를 차다 눈을 동그랗게 뜨며 용악의 손을 쳐다봤다. 당연히 묶여 있어야 할 끈이 어느새 풀린 후였다.

"아, 이거요? 느슨하게 묶여서 몇 번 움직이니까 풀리던데요?"

용악은 대수롭지 않게 말하며 팔목이 좀 아프긴 했다는 시늉을 했다.

"대건이가 묶은 끈이 그렇게 쉽게 풀어졌다고? 멧돼지도 한번 묶이면 꼼짝을 못하는 밧줄이?"

"저는 멧돼지가 아니잖아요. 그건 그렇고, 오해도 풀렸으니 이젠 배를 좀 채워야겠는데… 남은 밥 좀 없습니까?"

"그놈의 밥 타령. 기다려. 밥을 해야 하니까."

"아니요. 생각해 보니 밥으로는 안 되겠네요. 밥 대신 불이나 좀 지펴주세요. 산에 가서 먹을 것 좀 구해올 테니까요."

"지, 지금? 곧 날이 저물 텐데? 그냥……."

"금방 와요. 다른 건 몰라도 제가 사냥을 좀 잘하거든요. 하하하!"

용악은 말을 마치고는 곧장 산으로 올라갈 태세를 취했다.

"내 그럴 줄 알았지."

용악이 막 돌아서려 할 때였다.

촌장이 혀를 차며 고개를 가로저었다.

"……?"

"맨손으로 멧돼지를 잡으려고? 자네가 무슨 고수라도 된다고. 고생만 죽어라 하겠지만 그래도 무기로 쓸 것 하나는 가져가. 어이, 대건이 저… 잉? 어디 가?"

용악은 촌장의 말이 끝나기도 전에 벌써 마을 입구 쪽으로 걸어가고 있었다.

“길 못 찾아도 찾으러 안 가! 이놈아, 증말이야!”
용악은 벌써 사라지고 없었다.
촌장은 씩씩대며 자리를 떠나지 못하다 양손을 털어내며
포기하고 말았다.

용악이 거대한 멧돼지를 어깨에 짊어지고 나타난 것은 반
시진 정도 지난 때였다.
마을 사람들은 용악을 보며 일제히 환호했다.
멧돼지 한 마리에 마을이 갑자기 활기 넘치는 곳으로 변한
것이다.
“재미있는 분이네.”
창을 통해 그 광경을 내다보던 황보소소의 입가에 얼마 만
인지 모를 미소가 얹혀졌다.
“산에서 봤던 사람이구나.”
힘없는 목소리가 황보소소의 뒤쪽에서 들려왔다.
바짝 마른 몸에 창백한 얼굴의 황보성이었다.
“용악 소협이에요. 십 년 전에 아버님께 은혜를 입었다고
해요.”
“십 년 전에?”
“예.”
“소소야, 신중해서 나쁠 건 없다.”
“멧돼지를 짊어지고 올 정도로 힘이 장사인 사람이 촌장님

께 잡혀서 헛간에 갇혀 있었대요. 나쁜 사람이라면 가만히 있었겠어요?"

'낯선 사람과는 눈도 마주치기 싫어하던 애가 웬일로 칭찬을 다 하지?'

"왜요?"

황보성이 눈만 멀뚱히 뜬 채 아무런 대답이 없자 황보소소가 되물었다.

"아니, 네가 초면인 사람을 칭찬하는 걸 처음 봐서 말이지."

"제가 칭찬을요? 칭찬한 적 없는데……."

"아무튼 어떤 사람인지 한번 만나봐야겠다. 금 장주 덕분에 깨달은 것이 있지 않니. 선한 사람은 오지 않고, 이미 온 자는 선하지 않다[善者不來, 來者不善]."

황보성이 고개를 돌리자 마을 사람들이 불가에 모여 웃는 모습이 보였다. 그 중앙에는 장정 둘을 합친 것보다 큰 멧돼지가 통째로 꿰어져 구워지고 있었다.

용악의 등장으로 밝아진 마을 분위기는 마음에 들지만 그 때문에 마음 한쪽이 더욱 무거워지는 것은 어쩔 수 없었다.

"마을 사람들이 좋아하는구나. 용 소협께 감사라도 드려야겠다."

황보성의 말이 막 끝났을 때다.

"하하하. 그러실 필요 없습니다. 목마른 사람이 우물 파는

것 아닙니까? 멧돼지의 좋은 부위가 동나기 전에 나가서 같이
드시죠?"

"……!"

"……!"

갑작스럽게 끼어든 낯선 목소리에 황보소소와 황보성이
깜짝 놀라 돌아봤다.

언제 들어왔는지 용악이 문간에 기대선 채 두 사람을 향해
웃고 있었다.

'방금 전까지 마을 사람들과 함께 있지 않았나?

황보성은 이내 고개를 내저으며 용악을 잘못 봤을 거라 여
기고 말았다.

"용 소협이시라고요? 황보성입니다. 덕분에 마을에 활력이
생겼네요. 감사드립니다."

"무슨 말씀을. 용악입니다, 황보 가주님."

"……."

용악의 대답에 황보성의 표정이 한순간 멍해지고 말았다.

"혹시… 가주님이 따로 계시나요?"

용악은 두 남매의 반응에 재빨리 말을 돌리려 했다.

"아닙니다. 부족하지만 제가 황보세가의 현 가주인 황보성
입니다."

"오빠……."

황보소소의 입에서 거의 들리지 않을 정도로 작은 목소리

가 흘러나왔다. 굳이 이름만 남은 황보세가의 가주를 자처할
필요가 없다고 생각하는 까닭이다.

'분위기가 왜 이러지?'

용악은 황보성의 굳어진 얼굴과 황보소소의 어두워진 표
정을 보며 의아해지고 말았다.

"제가 무슨 실수라도……."

"아닙니다, 용 소협."

"그럼 함께 나가시지요?"

"곧 소소와 나가겠습니다."

황보성의 정중한 축객령에 용악은 머쓱해져서 방을 나와
야 했다.

"잉? 어딜 다녀오는 거야?"

촌장이 안채에서 걸어나오는 용악을 발견하고 소리부터
지르며 다가왔다.

멧돼지 굽는 냄새로 배에선 난리가 났는데 정작 가져온 사
람이 보이질 않으니 짜증이 난 것이다.

굳이 이런 사정을 말하지 않아도 용악은 마을 사람들의 표
정을 보고 짐작할 수 있었다.

"먼저 들지 그러셨어요. 가주님과 황보 소저도 곧 나온다
고 하네요. 드세요, 어서."

"가, 가주님?"

촌장의 눈이 동그랗게 변했다.

"가주님도 그런 표정을 짓던데. 왜요? 제가 뭘 잘못 말한 건가요?"

"아, 아니, 잘못은 아니고… 도련님께 지금껏 그리 부른 사람이 없어서……."

"왜요? 왜 가주님이라고 안 불렀는데요?"

"그… 아, 몰라!"

용악의 호기심 어린 표정이 자극이 됐는지 촌장이 갑자기 버럭 소리를 지르고는 돌아서서 불가로 가버렸다.

"촌장님, 촌장님……."

"왜 자꾸 들러붙어."

"이유 좀 말해줘요."

"뭔 이유?"

"가주님이라고 부르지 않은 이유요."

"그걸 자네가 알아서 뭐 하게?"

"궁금하잖아요."

"몰라도 돼."

촌장이 다시 몸을 돌리려 했다.

"제가 도움이 될 수도 있잖아요."

"도움? 자네가 무슨 식객이라도 된다고. 세가와 상관없는 사람은 나서지 마."

"식객이요?"

용악은 처음 듣는 말이라는 듯 고개까지 갸웃거렸다.

"식객, 몰라?"

"모르는데요."

"…됐다."

"식객이 뭔데요?"

"됐다고."

"아, 뭔데요?"

"이 사람이……."

용악은 웬만해선 떨어질 기세가 아니었다. 이럴 땐 차라리 빨리 말해주는 편이 나았다.

"식객이 뭐냐 하면, 세가가 번성할 때는 빌붙어서 먹고 마시다가, 가주님께서 돌아가시고 세가가 기울면 입 싹 닦고 도망치는 작자들을 말하는 거야. 썩을."

촌장은 과거 황보세가의 식객들을 싸잡아 욕을 하고 싶었으나 겨우 참을 수 있었다.

'흠, 식객이라…….'

용악은 촌장의 마음을 어느 정도 알 것 같았다.

그런 촌장의 뒷모습을 바라보며 용악의 입가에 담담한 미소가 그려졌다.

"십 년 전의 은혜를 갚고 싶습니다. 황보세가의 식객으로 받아주십시오."

용악은 황보소소의 부축을 받으며 나오는 황보성에게 다가가 대뜸 포권을 취했다.

"시, 식객이라니요?"

황보성은 갑작스런 용악의 말에 당황해서 황보소소를 돌아봤다.

"워낙 떠돌기 좋아해서 이제야 찾아왔습니다. 은혜를 갚을 수 있도록 허락해 주십시오. 이런 말까진 안 하려고 했지만… 보기와 다르게 저, 많이 안 먹습니다."

용악은 사뭇 진지한 표정이었다.

"풋."

황보소소의 입에서 웃음이 터지고 말았다. 말과 행동이 너무나 다른 용악의 행동에 웃음을 참지 못한 것이다.

"소소야! 용 소협, 식객이 되고 싶다는 그 말씀만으로도 충분히 은혜를 갚으신 겁니다."

이쯤 말을 했으면 알아서 떠나겠다고 해야 하건만 용악은 담담한 표정으로 듣기만 했다. 이런 여유는 황보성에겐 부담이 될 수밖에 없었다.

"제가 보기에 용 소협은 어딜 가든 충분히 자신의 몫을 다하실 수 있는 분으로 보입니다. 굳이 황보세가가 아니더라도 말이지요."

다시 한 번 자신의 의도를 밝히고서야 황보성은 말을 멈췄다.

“알고는 있었지만 막상 가주님께 들으니 쑥스럽기는 하네요. 하하하!”

“용 소협, 저는 진지합니다.”

“저도 진지합니다. 그렇지 않았다면 황보세가를 찾아 그 먼 길을 왔을 리 없지요.”

“먼 길이요?”

“다시 오는 데 십 년이나 걸렸으니 꽤 먼 거리죠.”

용악의 목소리는 담담했으나 진심을 전하기엔 모자람이 없었다.

“용 소협, 저 멧돼지로 마을 사람들에게 웃음을 주셨으니 은혜를 갚은 거나 마찬가집니다.”

“그럴 순 없습니다. 전대 가주님께 입은 은혜를 겨우 멧돼지 한 마리로 갚으라니요. 저 산에 멧돼지의 씨가 마르면 몰라도 그럴 순 없습니다. 제 자존심이 허락하질 않습니다.”

“……”

황보성은 순간 할 말을 잃고 말았다.

또다시 거절할 명분이 떠오르지 않은 까닭이다.

‘속을 알 수 없는 사람이구나.’

용악에게 분명한 이유가 있음에도 불구하고 허락하지 못하는 데엔 이유가 있었다.

“용 소협, 마지막으로 말씀드리겠습니다. 제가 용 소협처럼 건강했다면 전 결코 한곳에 머무르지 않았을 겁니다. 황보세가는 용 소협과 같은 분이 머물기에 적당한 곳이 아닙니다.
용 소협은 이루고 싶은 것이 없으십니까?"

"있지요. 한데 그건 시간이 얼마나 걸릴지 모르는 일이라
서……. 지금은 황보세가의 식객이 되고 싶습니다."

"……."

용악은 아무리 많이 봐도 이십대 후반으로밖에 보이지 않
았다. 황보성보다 한두 살 정도 많을까? 그런 사람이 겨우 식
객이 되고 싶다고? 황보성으로서는 도저히 이해할 수 없었
다.

"쿨럭쿨럭… 다, 당분간만……."

황보성에겐 더 이상 거절할 명분도, 그럴 체력도 없었다.

"앞으로 잘 부탁드리겠습니다."

용악은 힘겨워하는 황보성에게 인사를 건넨 후 멧돼지 자
르기에 여념이 없는 자리로 이동했다.

"도련님께 무슨 말씀을 드렸는데 저리 힘들어하시지? 뭐라
고 했느냐?"

촌장이 의심스러운 눈초리로 용악에게 다가왔다.

"식객이 되게 해달라고 했는데요."

"…뭔 객?"

"식객이요."

"……."

촌장의 얼굴이 새빨갛게 달아오르더니 황보성에게 달려갔

다. 하지만 이미 결정 난 사항을 황보성은 바꾸지 않았다. 덕분에 용악의 거처가 헛간으로 정해지고 말았다. 황보 남매와 최대한 떨어지게 하려는 의도가 어느 정도 성공한 것이다.

그날 밤.

스멀거리는 움직임을 느끼고 용악이 눈을 떴다.

'하나, 둘… 일곱.'

헛간 뒤쪽에서 접근해 오는 숫자였다.

그들은 용악이 헛간에 있는 것을 모르고 대담하게 지붕으로 올라서고 있었다. 소리를 죽이고 규칙적으로 움직이는 걸로 봐선 훈련을 받은 자들이었다.

헛간 지붕 틈새로 그림자들이 지나가는 것이 보였다.

용악은 누운 채로 그들의 움직임을 지켜봤다.

헛간을 지나가는 걸로 봐서 그들의 목적지는 황보 남매인 모양이다.

슥.

아무런 소리도 내지 않고 조용히 일어나 밖으로 나갔다. 그모습은 마치 유령이 벽을 통과하는 것처럼 보일 정도로 은밀했다.

第二章
천금장

천산마제

　황보 남매가 잠들어 있는 지붕 위에 멈춰 선 복면인들은 자신들을 누군가가 지켜보고 있다는 것도 모르고 조용히 속닥이기 시작했다.

　"황보소소란 계집만 납치하면 된다. 순순히 금 장주님의 말씀을 들었으면 이런 꼴을 당하진 않았을 텐데, 흐흐흐. 그것이 네 팔자려니 생각해라."

　가장 앞에 있던 자가 음흉한 목소리를 내며 손을 들어 황보소소의 방을 가리키자, 뒤에서 명령을 기다리던 자들이 일제히 두 조로 나뉘어 흩어졌다가 창문에 고양이처럼 매달렸다.

　이제 음흉한 목소리의 주인이 손만 들면 끝이었다.

"호호호."

그가 막 손을 들려 할 때였다.

"그 손은 들지 않는 것이 좋겠다."

"헙!"

음흉한 목소리의 주인은 기겁을 하며 뒤를 돌아봤다.

달을 등지고 서 있는 사람이 보였다.

"누, 누구냐?"

"오늘부로 황보세가의 식객이 된 사람."

용악은 자신이 생각해도 자랑스러운지 한껏 가슴을 펴며 대답했다.

음흉한 목소리의 사내는 달빛에 비친 용악의 얼굴을 보고 이채를 발했다. 젊었다. 이십대 중반 정도? 그렇다면 망설일 이유가 전혀 없었다.

"모두 이놈을……."

죽이라는 명령을 내리고 싶었지만 어느새 다가온 용악이 더 이상의 목소리가 나오는 것을 허락하지 않았다.

"하지 말라니까."

용악은 대고 있던 사내의 어깨에서 손을 뗐다.

순간, 사내의 몸이 갑자기 진저리를 쳤다.

꽈드득.

바싹 마른 나뭇가지가 뒤틀리는 소리와 함께 사내의 몸이 그대로 바닥에 떨어졌다.

뒤이어 소리를 듣고 올라온 여섯 명도 다르지 않은 몰골로 땅에 처박히고 말았다. 하지만 음흉한 목소리의 사내가 멀쩡한 것에 비해 그들은 일어나지 못했다.

"이, 이럴 수가……!"

바닥에 떨어진 여섯 명의 아우가 즉사한 것을 보고 사내는 기겁을 했으나, 용악이 지붕에서 내려오지 않는 것을 보고 자리에 미련을 두지 않고 젖 먹던 힘까지 내서 도망치는 쪽을 택했다.

"흠. 황보세가의 식객으로서 이런 일을 두고 볼 수는 없지. 첫날부터 흥미를 돋우는데?"

용악은 비틀거리며 달려가는 사내를 보며 흥미로운 표정으로 웃었다.

안 그래도 황보소소와의 운명적인 만남에 끼어든 뚱보중년인을 혼내주고 싶은 터였다. 힘겨운 하루를 보낸 용악에게 밤까지 움직이도록 만든 자가 보고 싶어졌다.

음흉한 목소리의 사내가 한 시진을 쉬지 않고 달려서 도착한 곳은 제법 커다란 마을이었다.

사내는 망설임없이 마을 중앙에 있는 오층짜리 건물로 들어갔다.

용악은 사내가 들어간 건물의 편액을 바라봤다.

'천금장?'

촌장은 물론 황보성에게 여러 번 들었던 이름이 그곳에 쓰여져 있었다.

"왜 너만 돌아온 거지? 황보소소는? 뭐야! 징징거리지 말고 대답을 하란 말이야!"

소리친 자는 뚱뚱한 몸집에 돼지처럼 생긴 이십대 청년이었다. 산동성에서 손꼽히는 갑부 중 한 명인 천금장주의 장남 금목원이 바로 그였다.

그는 하고 싶은 건 반드시 해야 직성이 풀리는 자로, 몇 년 전 우연히 황보소소를 보고 홀딱 반한 일이 있었다. 그날 이후 끊임없이 고백을 했지만 황보소소는 냉담했고, 오늘과 같은 일까지 시키도록 만들었다.

"소장주님, 황보세가에 귀신같은 놈이 있습니다."

음흉한 목소리의 사내는 애원하듯이 대답했다.

"귀신? 내가 그런 말을 하면 용서할 줄 알아? 돈을 더 달라는 말인 것 같은데, 어림없어. 오늘부로 너는 물론이고 네 형제들 모두 모가지야. 꺼져! 안 꺼져? 꺼져! 퉤."

금목원은 침까지 뱉으며 소리를 질렀다.

오늘 밤, 황보소소와의 첫날을 치르기 위해 목욕재계에 옷까지 최고급으로 갖춰 입었건만, 눈앞의 쓰레기 같은 놈이 그걸 무산시킨 것이다.

"최고의 제자들만 보냈다는 구 사부의 말도 못 믿겠어. 돌아가. 가서 구 사부한테 전해, 내가 정말 실망했다고. 은자 백

냥만 주면 황보소소 고것을 내 앞에 납작 엎드리게 해준다더
니. 퉤. 아까운 돈만 날렸네.”

“제, 제발 그것만은. 한 번만 더 기회를 주십시오, 소장주님!”

사내는 금목원에게 매달리다시피 외쳤다.

그러나 금목원은 더러운 오물이라도 닿는 것처럼 소스라
치게 놀라며 뒤로 물러서서 사내의 얼굴을 발로 차버렸다.

“이, 진상! 진상! 진상!”

금목원은 사내의 얼굴을 차면 찰수록 묘한 쾌감에 들뜬 표
정이 됐다. 발에 닿는 촉감이 좋았다. 얼마 전에 묶인 개를 때
려죽일 때와 비슷한 느낌이었으나 그보다 백배는 기분이 더
좋았다.

축 늘어진 사내를 보며 한참 동안 가쁜 숨을 몰아쉬고는 신
발을 비녀(婢女)에게 들어 올렸다. 비녀는 겁에 질린 얼굴로
비단 손수건으로 정성껏 닦아주었다.

“더러워서 못 봐주겠군.”

괜찮아진 금목원의 기분을 일시에 날려 버린 목소리.

금목원은 깜짝 놀라 뒤를 돌아봤고, 어느새 방 안까지 들어
와 있는 용악을 보게 됐다. 하나 용악의 평범한 옷차림에 콧
방귀를 뀌었다.

“넌 뭐야?”

금목원은 용악을 보며 같잖다는 듯이 물었다.

“나? 저자가 황보세가에서 뭘 하는지 다 본 사람.”

용악이 죽은 사내를 가리키며 혀를 찼다.

"쳇. 저런 것들을 믿고 일을 맡긴 내가 병신이지. 넌 이 새 끼가 도망치는데 보고만 있었냐? 형제들이라며? 의리에 목숨 건다고 할 때부터 지랄하는 줄 알았어. 이놈이나 저놈이나 쓰 레기들이라니까. 틈만 나면 돈! 돈! 돈! 짖어대는 것도 이젠 지겹다. 그래, 넌 얼마짜린데? 귀신같이 들어온 걸 보면 제법 실력은 있나 보네?"

금목원은 말을 끝내고는 서랍을 열어 그곳에서 은자 백 냥 을 꺼내 용악의 발밑에 던졌다.

"오늘 내로 황보소소를 내 앞에 데려오면 그 돈은 네 것이 야. 물론 구 사부에게 준 돈도 회수하지 않는다."

"……."

"알았어. 실수한 것도 모른 척해주마."

"……."

"또 뭐?"

용악이 쳐다보기만 하고 대답을 하지 않자, 금목원은 급기 야 짜증을 냈다.

"궁금한 게 있어서."

"있어서?"

"황보 소저를 왜 납치하려는 거냐?"

"거, 거냐? 너, 이것들과 형제 아니야? 내가 누군지 몰라?"

"형제? 난 원래 형제 없어. 귀신이거든."

“귀신?”

“저자가 그랬잖아. 황보세가에서 귀신을 봤다고. 그게 나야.”

“……!”

“호호호. 뭘 그리 놀래?”

용악의 눈은 웃고 있었으나 눈은 차갑게 식어 있었다. 그 눈을 마주 보던 금목원은 등에서부터 시작된 소름이 전신으로 퍼지는 걸 느껴야 했다.

꿀꺽.

금목원의 굵은 목젖이 울렁거렸다.

“이, 이봐, 이, 이자를 죽인 건 일부러 그, 그런 게 아니란 거 잘 알잖아? 하하, 하하, 더 줄게. 저것들이 요구한 돈보다 더 줄게.”

금목원은 떨리는 손을 서랍으로 옮기며 그 안에서 은자 백 냥과 전표 여러 장을 꺼냈다.

“말귀가 어두운가? 내가 묻잖아. 왜 황보 소저를 납치하려 하냐고.”

조금 전보다 차가워진 용악의 목소리에 금목원은 진실을 말하지 않으면 죽을 수도 있다는 걸 깨달았다.

“예, 예쁘잖아.”

“그리고.”

“이, 이봐; 하루였어, 하루. 후딱 해치우고 도로 데려다 놓을 생각이었다니까?"

"단지 예뻐서 납치하려 했다고? 기가 막히는군. 누가 그래? 예쁘면 납치해도 된다고?"

"지, 진정하라구. 난, 천금장의 소장주 금목원이야. 이곳에선 내 마음대로 안 되는 일이 없다구."

"어째 너 같은 놈은 어딜 가나 꼭 하나씩 있냐? 뭐가 그렇게 당연한데? 네가 뭔데? 피둥피둥 살찐 돼지새끼밖에 안 되는 게."

"뭐? 돼, 돼지새끼?"

금목원은 화를 내며 자리에서 일어나려 했으나 몸이 말을 듣지 않았다. 용악의 손가락 하나가 어느새 금목원의 어깨를 누르고 있었기 때문이다.

"나는 있지, 너처럼 돼지같이 생긴 얼굴이 정말 마음에 안 들어."

"아, 안 돼!"

금목원은 용악이 하는 말뜻을 본능적으로 이해하고는 최대한 힘주어 고개를 도리질 쳤다. 동시에 자리를 박차고 일어나려 했다.

하지만 용악의 손은 금목원의 어깨를 누른 채 미동도 하지 않았으며, 오히려 더 해보라는 듯 웃는 여유까지 보였다.

"시끄러워서 안 되겠다. 좀 맞자."

"아, 안… 꽥!"

짜짜짝!

용악의 손에 의해 금목원의 뺨이 쉴 새 없이 좌우로 돌아갔
다.

"이젠 좀 조용해질래?"

"……!"

금목원은 볼 살이 원래의 형태로 돌아오기도 전에 어깨가
자유로워진 것을 느끼고는 얼른 일어나려 했다.

그 순간, 그의 어깨에서 뼈마디 뒤틀리는 소리와 함께 비명
이 터져 나왔다.

우두둑!

"끄아아아!"

금목원의 어깨가 축 늘어졌다.

"그러게 움직이지 말라고 했잖아. 이래서 난 돼지가 싫다
니까."

용악은 발을 들어 그대로 금목원의 허벅지 안쪽을 지그시
눌렀다.

"끄……."

금목원은 비명이라도 지르고 싶었는지 입을 벌렸으나 그
보다 더 큰 고통이 뒤따르며 그대로 혼절하고 말았다.

쿵!

금목원의 머리가 바닥을 찧자 용악은 한쪽에서 벌벌 떨고
있는 비녀를 불렀다.

“이봐.”

“으, 으으……”

비녀는 떨리는 양손을 마주 잡고는 연신 절을 했다.

“이리 와.”

“으… 허엉… 으으……”

비녀의 눈과 코에서 공포로 인해 줄줄 액체가 새어 나왔다.

“안 죽일 테니까 말이나 전해. 천금장주가 물으면, 이놈이 황보 소저를 납치하려다 내게 걸려서 이렇게 됐다고 말해. 알았어?”

“예? 예예! 아, 알겠습니다. 사, 살려주세요. 저는 아무것도 못 봤어요. 엉엉엉!”

“거짓말할 필요 없고, 본 대로 다 말해.”

“예? 예! 저는 다 봤습니다!”

“이 말도 전해. 다음에 또 황보 소저를 귀찮게 하면 그땐 천금장주가 저 돼지새끼 꼴로 변할 거라고. 알았어?”

“예! 저는 다 알았습니다!”

비녀의 화끈한 대답에 용악이 웃으며 자리를 떠나려 할 때였다. 바닥에 떨어진 돈뭉치가 발에 걸렸다.

그 모습에 비녀가 미끄러지듯 몸을 날려 돈뭉치를 양손으로 집어 용악에게 바쳤다.

“필요할지도. 하하하! 고맙다.”

용악은 그 말을 끝으로 방 안에서 사라졌다.

피 냄새가 진동하는 방 안에 홀로 남은 여인은 눈을 껌뻑거리다가 그제야 비명을 질렀다.

"꺄악! 살려주세요! 소장주님이 다쳤어요!"

여인의 비명 소리에 금목원의 호위무사들이 일제히 방 안으로 들어왔다. 하지만 그들은 금목원이 혼절한 모습을 보자마자 앞 다퉈 도망치기 시작했다.

이 일을 천금장주 금무창이 아는 순간 그들의 목숨은 그날로 끝이란 것을 잘 아는 까닭이다.

금무창이 아들을 보게 된 것은 잠시 후였다.

늦게 보고한 자들은 벌써 그의 개인 호위들에 의해 죽음을 맞았다.

"장주님, 이 비녀가 소장주와 함께 있었답니다."

"앵무?"

"예? 예! 자, 장주님, 저, 저는 다 봤습니다!"

비녀는 우렁차게 대답하며 금무창에게 기어서 다가갔다.

"그래? 뭘 봤느냐?"

비녀는 용악이 말한 대로 실천했다.

금목원이 음흉한 목소리의 사내를 발로 차서 죽여 버린 직후 한 청년이 나타난 것과 금목원에게 황보소소를 왜 납치하려 했느냐고 물은 것과 금목원이 '예쁘잖아' 라고 대답한 것과 그 결과로 기절하게 된 것까지 상세하게 모두 말했다.

"…그 사람은 이렇게 말했어요. '그럼 너는 돼지새끼처럼 생겼으니 죽어도 할 말이 없겠네? 라고요. 그리고 마지막으로 장주님께 전하라고 한 말도 있었습니다.”

“뭐냐?”

금무창의 눈에는 이미 살기가 가득했다.

비녀는 그런 것을 살필 상태가 아니었다.

“다시 한 번 황보 소저를 건드리면 다음엔 장주님이 소장주님처럼 될 것이라고… 컥!”

말이 끝나기도 전에 금무창의 육중한 몸이 움직이며 그대로 비녀를 걷어찼다.

“이런 쌍년! 죽어! 죽어! 죽어! 그따위 말을 감히 입에 올려? 이런 개 같은 년!”

금무창은 다섯 겹은 될 것 같은 자신의 목덜미를 위아래로 흔들며 마구 비녀를 밟아댔다. 누구도 말리는 사람은 없었다. 금무창의 성격을 잘 아는 자들이기에 지금 건들면 죽는다는 것을 잘 알고 있었다.

“감히 내 아들을 저 모양으로 만들었다 이거지? 그것도 모자라 황보소소를 건드리면 어쩐다고? 내 이것들을! 애들아, 구 사부를 모셔와라! 황보세가를 아예 없애 버릴 테다!”

*　　　*　　　*

황보세가에 아침이 밝았다.

헛간 지붕 틈으로 들어온 햇살이 대자로 누워 있는 용악에게 다가가더니 눈가에서 떠나질 않았다. 이윽고 용악의 눈이 살포시 떠졌다.

'일찍 일어나네?'

용악의 입가에 미소가 피어올랐다.

천금장의 인물들을 적당히 혼내줬으니 황보세가 근처에는 얼씬도 하지 않을 것이다.

"아흐음… 어?"

용악은 기지개를 켜며 나오다 놀란 눈이 됐다.

"용 소협, 일찍 일어나시네요?"

"제가 좀 부지런합니다. 하하하!"

"예에… 킥."

황보소소는 용악의 너스레에 입술을 가리며 웃었다.

"좋은 아침이죠? 날이 정말 좋습……."

"일이 있어서."

"어? 어딜 가세요?"

"…산책이요."

"그래요? 저도 아침마다 산책을 해야 하거든요. 잘됐네요. 어디든 제가 모시겠습니다."

용악이 활짝 웃으며 앞장설 준비를 하자 황보소소는 뒤로 물러서며 고개를 가로저었다.

"그건 곤란한데요? 실은 산책을 가는 것이 아니라 약초를 캐러 가거든요. 동행이 있으면 곤란하니 이해해 주세요."

'약초?'

용악은 황보소소의 거부에 머쓱해져서 머리를 긁적이며 웃었다.

"그럼… 저는 나무나 해와야겠네요."

무안함을 감추려다 눈에 보인 것이 장작더미였다.

제남(濟南)으로 오며 상상했던 아침이 이렇게 날아간 것이다.

"어머, 그러지 않으셔도 돼요. 아직 땔감은 많이… 있진 않네요."

장작 쌓아놓는 곳을 돌아보던 황보소소의 얼굴이 붉게 물들었다. 쌓여 있어야 할 장작이 바닥을 드러내고 있었기 때문이다.

"땔감이 많이 있어야 겨울나는 데 걱정이 없죠. 움직이지 않으면 몸이 근질거리는 성격이라 한 바퀴 돌고 와야겠습니다."

용악은 황보소소가 무안하지 않도록 양쪽 팔을 걷어붙이며 알통을 보여주기까지 했다.

"정말 괜찮아요."

"예전의 식객들은 어땠는지 몰라도 저는 일을 안 하면 밥도 굶어야 한다고 생각하거든요. 맡겨두세요."

"……."

황보소소는 말을 끝내고 돌아서는 용악의 등을 보며 낮은 한숨을 내쉬었다. 멋진 등이라거나 균형 잡힌 무인의 당당함 때문이 아니었다.

"용 소협, 산에 간다면서 도끼는 안 가져가세요?"

나무를 팬다면서 아무것도 가져가지 않은 까닭이다.

그러나 황보소소가 용악을 부르는 그 짧은 사이, 용악은 벌써 황보소소의 시야에서 사라지고 없었다.

"정말 빠른 걸음이네."

황보소소는 자신의 눈을 비비며 감탄을 금하지 못했다. 무공을 모르는 황보소소에겐 지극히 당연한 현상이었다.

방 안.

황보성은 용악과 황보소소를 보며 손에 쥔 배첩(拜帖)을 만지작거렸다. 봉투에는 남궁세가의 상징인 붉은색 검 문양의 인장이 찍혀 있었다.

강호에 뿌리를 내린 지 백 년 이상 된 세가들이 모여 친목을 다지는 대회, 십이용봉대회를 남궁세가에서 열리게 됐다는 내용이었다.

황보성은 배첩을 받아 들고 얼마나 기뻐했는지 모른다. 아직 강호는 황보세가를 잊지 않은 것이다.

그러나 두 가지 문제가 있었다. 안휘성 황산에 위치한 남궁세가까지 가는 여비와 대회에 참가할 무공 실력.

고민하던 황보성은 여비를 어떻게든 구해서 황보소소를 보내자는 결심을 하게 됐다. 여동생에게 태산이 전부가 아니라, 더 큰 세상이 있다는 것을 보여주고 싶은 까닭이다.

그렇게 해서 돈을 구하러 간 곳이 천금장이었다.

가보인 호연검(浩然劍)을 담보로 안휘성까지 다녀올 여비를 빌려달라고 했고, 금무창은 일말의 주저함도 없이 허락했다. 그것도 무상으로.

당연히 조건이 달렸다. 바로 금무창의 아들인 금목원과 동행해야 한다는 것이다.

황보성은 경비를 무상으로 지원받을 수 있다는 말에 허락을 하게 됐고, 그때부터 일이 꼬이기 시작했다.

몇 번의 왕래로 황보소소를 보게 된 금무창이 계속해서 은근한 요구를 하나둘씩 하기 시작하더니, 급기야는 혼사에 대한 의지를 노골적으로 밝힌 까닭이다.

어제 천금장 집사가 찾아온 것도 금목원과의 혼사 문제를 해결하고 떠나면 어떻겠느냐는 말을 하러 왔던 것이다.

황보소소가 현명하게 집사를 달래지 않았다면 천금장의 무사들이 마을을 한바탕 휘저었을지도 모른다.

'기, 자네에게 또 신세를 지는군. 미안하네.'

어려울 때마다 도움을 청하게 되는 황보성의 유일한 지기인 제갈기에게 이번에도 부탁했다.

금무창의 간섭이 심해질 때쯤 제갈기에게 서찰을 보냈으니 올 때가 됐다.

촌장은 쉴 새 없이 흐르는 땀을 소맷자락으로 문지르며 산을 올랐다.

"도끼도 없이 나무를 하러 올라갔다고? 첫날부터 순진한 아가씨를 놀렸단 말이지?"

잘 벼린 도끼를 든 모습이 눈앞에 용악이 나타나기라도 하면 당장 두 동강을 낼 기세였다.

황보소소가 촌장을 찾아간 지 반 시진이 지났다.

그 힘 좋은 대건이도 나무를 하러 올라가면 반나절을 끙끙대야 한 짐 지고 내려오는 걸 늘 봐온 촌장이다.

"어딜 그리 급하게 가십니까, 촌장님?"

"엥?"

촌장은 머리 위로 드리워지는 그림자에 놀라 도끼를 들어 올리며 제자리에 멈춰 섰다.

용악이 벙글거리며 촌장을 보고 있었다.

빈손이었다.

"헹! 네가 그럼 그렇지, 맨손으로 올라갈 때 알아봤어. 내려가려고?"

"내려가야지요."

"그럴 필요 없어. 자, 이거 받아. 자네가 그럴 줄 알고 내가 챙겨왔거든. 흐흐흐."

촌장은 용악을 보며 비웃음을 흘렸다. 약점을 잡혔으니 이제 이용해 먹을 일만 남았다고 여기는 것이다.

“그럴 필요 없는데요?”

“갈! 나무를 하러 왔으면 나무를 해서 내려가야지, 왜 그럴 필요가 없어! 어서 가서 나무를 해!”

촌장이 눈을 부라리며 용악에게 호통을 쳤다.

“에? 다 했는데 또 뭘 해요?”

“뭘 다 해? 다 한 녀석이 빈손이야? 나무를 저 숲에다 두고 왔다는 말도 안 되는 소리를 하려는 게냐!”

“어? 어떻게 아셨어요?”

“이이……”

촌장의 눈썹이 역팔자를 그리려 할 때였다.

용악이 뒤쪽을 가리켰다.

“저 고개 너머에 쌓아놨어요. 마른 나무가 꽤 돼서 쉽게 부러지더라구요.”

용악은 잘생긴 턱에 주름을 만들며 멋지게 미소를 지어 보였다.

“끼놈!”

촌장이 벼락같이 소리치며 다짜고짜 용악의 머리를 쥐어박았다.

딱.

“어이쿠!”

용악의 머리와 부딪친 촌장이 갑자기 손을 부여잡으며 제자리에서 펄쩍펄쩍 뛰기 시작했다.

“괜찮으세요?”

용악은 입맛을 다시며 걱정스럽게 촌장을 쳐다봤다.

용악이 도끼도 없이 산으로 올라온 것을 황보소소에게 들은 모양이다.

“제 머리가 좀 단단한데… 괜찮으세요? 손 좀 줘보세요.”

“괜찮아!”

촌장은 심통 난 표정으로 용악의 손을 뿌리치려 했다. 하지만 용악에게 잡힌 손이 꿈쩍도 하지 않았다.

“놔! 이, 돌머리야!”

“돌머리요? 하하하!”

갑자기 용악이 통쾌하게 웃기 시작했다.

용악 스스로도 믿기 힘든 일이 벌어진 것이다.

분명 혼이 나고 있는데 그다지 나쁘지 않았다.

‘이, 이렇게 뻔뻔할 수가! 이놈 혹시 자기 머리가 돌인 걸 자랑스럽게 생각하는 건가? 위험한 놈이다.’

촌장은 아픈 손을 쥔 채 용악의 황당한 반응을 마른침까지 삼키며 지켜봤다.

“험. 나, 나는 도끼를 건넸으니 이만 내려가 보겠네. 자네는 하던 것 마저 하고 내려오게나. 커험.”

촌장은 최대한 아무렇지도 않게 말을 건네려 했다.

그러나 몸의 일부인 떨리는 손과 목소리는 감춰지지 않았다.

“내 웃음소리가 너무 컸나?”

용악은 촌장이 내달리는 것을 보며 고개를 갸웃거렸지만 이내 얼굴 가득 웃음을 담았다. 아주 오래전에 잊었던 좋은 느낌을 받은 까닭이다.

촌장은 마을로 내려가 대건을 앞세운 채 용악이 가리켰던 곳으로 올라가는 중이었다.

"녀석이 말한 곳이 저쪽이다. 놈, 내가 확인 안 할 줄 알았겠지? 하나 내 직감은 못 속이지. 암, 그렇고말고. 어디서 거짓말을! 이보게, 대건이. 근방을 샅샅이 뒤져 보게."

쉴 틈 없이 말을 한 촌장이 그제야 숨을 돌렸다.

지금은 대건과 함께 있으니 겁날 것이 없었다.

대건은 촌장의 명령에 따라 언덕으로 움직였다.

"초, 촌장님!"

언덕을 넘어가려던 대건이 멈춰 서며 못 볼 것이라도 본 사람처럼 급하게 촌장을 불렀다.

"왜?"

"이, 이리 와보세요. 세상에……!"

대건이 자신의 정면을 가리키며 혀를 내둘렀다.

이상함을 느낀 촌장은 미심쩍은 표정으로 숨을 헉헉대며 대건의 곁에 섰다.

"히억!"

촌장은 자신의 눈앞에 펼쳐진 광경에 숨넘어갈 것 같은 신음을 터뜨리고 말았다.

언덕 아래, 약 삼십여 장 가까이 되는 공간에 펼쳐진 광경은 상상을 초월했다.

"이 정도 양이면 마을 전체가 겨울을 날 수도 있겠는데요? 잘 마르도록 해놓은 것 하며… 우와, 이건 마치 엄청난 강호고수가 이 일대를 휩쓴 것 같네요."

"가, 강호고수……."

촌장의 얼굴이 쪽 짜놓은 행주처럼 구겨지고 말았다.

대건이 무심코 한 말이 귓속으로 팍 꽂힌 까닭이다.

강호고수.

식객을 자처했을 때 알아봤어야 했다. 아니, 그전에도 알아볼 기회는 있었다. 손목에 묶인 끈이 알아서 풀어졌다고 했을 때.

"우와!"

"대건이, 지금 감탄할 때냐!"

"왜 그러세요, 촌장님?"

"놈이… 놈이 고수라며!"

"아니요. 그럴지도 모른다는 거죠. 도끼도 없었다면서요? 손으로 저 정도 양의 나무를 하려면 강호고수일지도 모른다는……."

"그만!"

용악이 강호고수일 리 없다.

촌장은 그렇게 믿기로 다짐에 다짐을 거듭했다.

"드디어 우리 황보세가에도 빛이 나는 건가요? 식객으로 모신 분이 엄청난 강호고수! 가주님과 소소 아가씨께 당장 가서 알려들려야… 촌장님?"

대건을 상상의 나래를 펼치다 촌장이 너무 조용하자 이상한 듯 돌아봤다가 기겁을 했다.

"끄르륵……."

촌장이 갑자기 쓰러질 듯 비틀거렸기 때문이다.

어른 허벅지보다 두꺼운 나뭇가지를 사악하게 웃으며 부러뜨리는 용악의 모습.

상상만으로도 촌장에겐 공포였다.

'내가 왜 그랬을까?

촌장은 용악의 머리를 때리던 순간을 떠올렸다.

어른 허벅지 정도의 굵은 통나무를 손으로 부러뜨리는 자에게 돌머리라고 하다니. 이럴 때 필요한 건 순발력이다.

"켁! 이, 이보게, 대건이…… 나 좀, 나 좀! 허억!"

"촌장님, 왜 그러세요!"

대건이 급히 촌장을 부축했다.

촌장은 자신의 왼쪽 가슴을 누르며 자리에 주저앉더니 그대로 혼절해서 일어나질 못했다. 이렇게라도 해서 용악과 만날 일을 없애려는 임기응변이었다.

촌장이 쓰러졌다는 대건의 보고에 황보성은 자초지종을 물었고, 대건은 산에서 있었던 일을 모두 보고했다.

'용 소협이 상당한 고수라고?'

어느 정도 무공을 익히고 있을 거란 생각은 했지만 촌장과 대건의 반응은 예상을 뛰어넘는 수준이었다.

황보성은 용악을 방으로 불렀다.

"용 소협, 마을은 전부 둘러보셨나요?"

"예. 역시나 살기 좋은 곳이더군요."

"십 년 전에 와봤다니 아시겠지만 이 마을은 원래 황보세가의 터에 이루어진 곳입니다. 마을 사람들은 세가의 식솔들이지요. 언제고 세가가 다시 부흥하게 된다면 영광을 함께하겠다며 남은 사람들입니다."

촌장을 비롯해 모두 순박한 사람들.

용악은 숲에서 촌장에게 혼났던 기억이 나자 저절로 웃고 말았다.

"제 얘기가 우습나요?"

황보성은 지금부터 용악에게 해야 할 말이 있는데, 시작하기도 전에 분위기가 흐트러지는 건 원치 않았다.

"그럴 리가요. 잠시 딴생각이 나서 그랬습니다. 한데, 하실 말씀이란 뭐죠, 가주님?"

"이삼 일 내로 손님이 오기로 했습니다."

"예에… 예?"

용악이 고개를 갸웃거렸다.

갑자기 손님의 방문에 대해 말하는 황보성의 의도를 짐작할 수 없었기 때문이다.

"용 소협과도 무관하지 않은 일입니다."

"저와 무관하지 않다고요?"

"며칠 후에 올 손님은 소소와 함께 안휘성 남궁세가까지 갈 제갈세가의 친구입니다. 십 년에 한 번 열리는 십이용봉대회에 소소를 참가시킬 생각이지요."

"십이용봉대회?"

"십이대세가의 후계자들이 모여 친목을 다지는 자리지요. 보시다시피 저는 무공을 익히지 못하는 몸입니다. 해서 소소에게 기회를 줄 생각이지요. 소소는 똑똑할 뿐만 아니라 현명한 아이입니다. 좀 더 넓은 세상에 대해 알 충분한 자격이 있지요."

확신에 찬 황보성의 말이 계속될수록 용악의 표정이 점점 굳어갔다. 황보소소에게 기회를 주고 싶은 황보성의 마음은 이해를 하지만 다른 생각이 드는 까닭이다.

"제가 잘못 이해를 한 건지 몰라도… 황보 소저를 십이대세가? 그들 중 괜찮은 사람에게 시집보내겠다는……."

"용 소협!"

황보성의 얼굴이 붉어지며 화난 목소리로 용악의 말을 끊었다.

"가주님의 그런 생각을 황보 소저도 알고 있나요?"

용악은 황보성의 반응을 대수롭지 않게 넘기며 좀 전과 다름없이 담담한 어조로 물었다.

"…아직 얘기하기 전입니다. 그래서… 미리 용 소협에게 부탁하려는 것이기도 합니다."

"부탁이라니요?"

"며칠 후에 올 친구는 소소를 충분히 보호해 줄 수 있습니다."

"……."

용악은 그제야 황보성이 말을 꺼낸 진짜 이유를 알 것 같았다, 혹시라도 방해가 될까 봐 미리 다짐을 받아놓겠다는.

용악이 왜 황보세가의 식객이 되려 하는지 그 이유를 모르는 황보성으로서는 충분히 그럴 수 있었다.

"하하하! 식객으로서 그럴 수는 없지요."

용악은 고개를 가로저었다.

황보소소를 알지도 못하는 자와 동행시킨다는 건 용악으로서 있을 수도 없는 일이기 때문이다.

"무슨 말입니까, 용 소협?"

"황보 소저가 어딜 가야 한다면 당연히 제가 보호해 드려야 한다는 뜻이지요."

"용 소협! 말이 과하십니다!"

"가주께서 결정을 내렸다고 제가 따라야 할 의무가 있는

건 아니잖습니까? 상황을 지켜보기로 하지요. 충분히 믿을
만한 사람이라면… 가주님의 뜻대로 하겠습니다.”

잠시 어색한 침묵이 두 사람 사이에 흘렀다.

“이런 말씀은 드리지 않으려고 했는데… 사실 어젯밤에 안
하던 짓을 했습니다. 강호를 떠돌 때도 안 하던 ‘생각’이란
걸 다 했다니까요? 하하하! 촌장님께 천금장주에 대해 들었습
니다. 황보 소저를 며느리로 점찍었다고요? 그자, 보진 못했
지만 보통 담이 큰 자가 아니더군요. 강호 유명 세가의 여식
을 며느리로 삼겠다는 황당한 생각을 하다니 말입니다.”

“……!”

수치심으로 인해 황보성은 눈동자를 떨며 창백한 안색이
더욱 하얗게 변했다.

“제갈세가의 친구 분도 그러네요. 오랜 친분을 유지하고
있다면서 황보세가의 사정도 몰랐다니 이해하기 힘듭니다.
한데, 황보 소저를 십이용봉대회에는 데리고 가겠다? 뭔가 앞
뒤가 맞질 않네요.”

용악은 생각나는 대로 말하는 것이 아니었다. 어젯밤 천금
장에 다녀온 후부터 줄곧 생각하던 것이다.

“같은 상황에서 가주님도 그러셨겠습니까?”

용악의 말투는 감정의 기복이 느껴지지 않았다.

그래서인지 황보성도 생각을 추스를 수 있었다.

‘제갈세가가 만약 나와 같은 처지였다면? 과연 모른 척했

을까? 결코 그럴 리가 없지. 제갈세가라면 이미 소식을 다 알고 있을 텐데……'

한 번도 생각해 보지 않았던 문제이다.

그럴 필요도 없었던 생각이기도 했다.

"용 소협, 그럴 친구가 아니오!"

황보성은 순간적으로나마 제갈기에 대해 의심이 들자 오히려 버럭 소리를 지르며 용악의 말을 부정하려 했다.

"더 이상 대화의 필요를 못 느끼겠습니다."

황보성은 이를 악물며 용악의 시선까지 회피했다.

그런 황보성을 용악은 물끄러미 바라봤다.

'너무 느슨해.'

용악이 머물던 곳에서는 이런 식의 인과관계는 없었다. 옳고 그름이 한순간에 결정나고, 실행에 옮겨지는 것 역시 순간인 곳이었다.

그런 곳에서 지내던 용악으로서는 황보성의 결정이 마음에 들지 않았다. 하지만 이곳에선 이곳의 규칙을 지키는 것이 중요했다.

"생각일 뿐입니다, 가주. 그저 제 생각이 그렇다는. 하하하!"

"쿨럭쿨럭!"

황보성이 갑자기 격하게 기침을 해댔다.

신경이 곤두서면서 호흡에 곤란이 온 모양이다.

"머리를 뒤로 젖히고 숨을 고르게 쉬세요."

어느새 다가온 용악이 황보성의 목과 등에 손을 대고 있었다.

"괘, 괜찮… 하아……."

황보성은 용악의 손을 뿌리치려 했으나 소용없었다.

이내 목과 등이 따뜻해지며 답답하던 가슴이 시원해졌다. 황보성의 경험상 반 각은 족히 이어질 기침이 멈춘 것이다.

"기도를 임시로 열었을 뿐입니다. 언제부터 이런 증상이 계속됐나요?"

"흥분하면 이렇게 됩니다. 평소엔 용 소협처럼 저를 흥분시킬 사람이 없어서 잘 지낼 수 있었지요."

날이 서 있는 말투였다.

용악은 말을 꺼냈다가 본전도 못 찾자 머쓱한 표정으로 웃으며 자리에서 일어났다.

"…고맙습니다."

밖으로 나가려는 용악의 등 뒤로 황보성의 잦아드는 목소리가 들려왔다.

"별말씀을. 병을 낫게 해드린 것도 아닌데……. 나중에 건강해지면 그때 고마워하세요."

용악 역시 들리지 않을 정도로 작은 목소리로 답했다.

第三章
녹고삼

천산마제

구정효는 이십대 초반의 제자들과 산길을 오르고 있었다.
트여진 흑색 무복 앞섶을 통해 사십대 후반이란 나이를 무색
하게 만드는 근육이 보였다.

"사부님, 항상 느끼지만 누가 사부님의 나이를 오십이라
고……."

퍽!

입방정을 놀리던 제자 하나가 저만치 나가떨어졌다.

"이제 겨우 마흔아홉이다."

"죄, 죄송합니다. 주의를 주도록 하겠습니다."

마달이 나가떨어진 자를 한심하게 바라보며 연신 고개를

숙여댔다.

"마달, 저건 치워 버려. 사부는 얼어 죽을."

구징효는 날려 버린 자에겐 시선도 주지 않았다.

길게 그어진 눈가의 검상과 날 선 눈빛 앞에 다른 자들도 빠르게 움직였다.

"황보세가라는 것이 찜찜하긴 하지만 이제 와서 무슨 상관이겠냐. 빨리 처리하고 돌아가자."

구징효는 걸걸한 목소리를 내며 뒤를 돌아봤다.

몇 십 명은 족히 될 낭인들 뒤쪽.

거대한 체구의 금무창이 가마에 탄 채 따라오고 있었다. 저 무게를 땀 한 방울 흘리지 않고 견뎌내는 가마꾼들이 신기해 보일 지경이었다.

"저 돼지……."

구징효의 눈에 짜증이 일었다.

금무창과 같은 자를 호위하고 있다는 것이 무척 자존심 상하는 일이기 때문이다.

몇 달 전 금무창이 은괴 열 관을 싣고 낭인들을 찾아오지만 않았어도, 낭인들이 환호하며 기뻐하지만 않았어도 이런 일 따윈 죽어도 하지 않을 그였다.

단 한 번, 일 년 동안만 하겠다는 단서를 붙이고 천금장의 호위를 시작했다.

철랑(鐵狼).

금무창에게 이름 대신 부르라고 한 별호였다. 하나 어떻게 알았는지 금무창은 처음 만났을 때부터 '구 대협'이라고 불렀다. 낭인들이 '구 사부'라고 불러서 구 씨 성을 가졌다는 것을 알았을지도.

"큭. 저 돼지, 눈빛이 마음에 안 들어."

"그렇긴 하지요. 눈가를 쫙 째서 눈이라도 보이게 하고 싶은 마음이 간절합니다."

"그럼 해."

"예? 에이, 제, 제가 어찌……."

"이놈저놈 모두 말뿐이라니까. 큭. 먹고 마실 시간 조금만 줄였어도 벌써 그렇게 할 수 있었을 거다. 내가 니들 때문에 시간을 얼마나 낭비하고 있는 줄 알아?"

"……."

"그냥 니들에게 맡기면 될 걸 왜 내가 꼭 있어야 하냐고. 큭."

산에서 구징효가 하는 일이라고는 오직 무공 수련뿐이었다. 그 모습을 우연히 발견한 낭인 중 한 명이 소문을 냈고, 하나둘씩 모이더니 지금과 같은 단체가 되고 만 것이다.

그래도 어제까지는 괜찮았다, 금무창의 아들 금목원이 반신불수로 누워 있기 전까지는.

"성가셔. 니들도, 저 돼지도, 여기까지 오게 만든 그놈도."

마지막 '그놈'이란 말을 하는 구징효의 눈빛이 살짝 바뀌

었다. 천금장에서 나오기 전에 전신이 멍투성이인 비녀의 말
을 들은 탓이다.

몇 번 건드리기만 했다고, 직접적인 타격은 없었다고 했다.
한데 금목원의 몸은 완전히 망가져 있었다. 그 수법이 무공이
라면 구징효로서는 처음 보는 수법이 아닐 수 없었다.

"그러서야지요! 감히 사부님의 영역을 침범하다니 완전 간
덩이가 부은 놈입니다. 그런 놈은 가만 놔두면 사부님의 명성
에 금이……."

마달이 재빨리 말을 받았다가 구징효의 눈빛을 보고는 급
히 입을 닫았다.

"니들, 또다시 내게 사부라고 하면 다 죽인다."

"죄, 죄송합니다. 사… 실 저도 이번 일이 이렇게 될 줄은
몰랐습니다. 웬 놈인지 걸리기만 하면……."

마달이 주먹을 쥐었다.

"까마귀가 일곱이나 데리고 갔다며? 그런 놈을 네가 어떻
게 할 건데?"

금목원에게 맞아 죽은 자의 별명이 까마귀였다.

"죽여야지요."

가진 재주라고는 눈치 보는 것밖에 없고, 아직도 까마귀를
죽인 자가 금목원을 반신불수로 만든 자와 동일인물로 알고
있는 마달이었다.

"니가? 큭. 그 말이 왜 내 귀엔 '지나가던 개가 개미에게 밟

혀 죽었다' 는 말과 같게 들리나 모르겠다."

"헤헤헤. 물론 저 혼자서도 가능하지만 형제들이 앞 다퉈 나서니 함께해야겠지요. 헤헤헤."

마달은 구징효의 비웃음이 익숙한지 실실거리며 웃었다.

"까마귀는 그놈이 죽인 게 아니야."

"예? 말도 안 됩니다. 놈이 까마귀를 푸줏간 고기처럼 만든 것을 제 눈으로 똑똑히 봤습니다."

"아니라고."

"…예에."

"놈은 상당한 솜씨를 지니고 있다. 저 돼지의 아들을 처리한 수법만 봐도 알 수 있지."

"오! 진정 놀라우신 안목입니다. 그럼 제자… 걱정이 돼서 나서신 겁니까? 크흑."

마달이 갑자기 매운 고추라도 먹은 것처럼 코끝을 찡긋거리며 울먹였다.

"쥐 터지기 전에 그쳐. 이젠 별짓을 다 하는군."

마달은 구징효의 면박에도 아랑곳하지 않고 더욱 존경스런 눈빛이 됐다.

"으이구, 먼저 간다."

"사… 어딜 가십니까?"

"니 면상이 자꾸만 내 주먹을 빨아들이려 해서 안 되겠다. 저 돼지에겐 알아듣게 말해."

구정효는 그 말을 끝으로 훌쩍 앞질러 갔다.

가마에 타고 있던 금무창이 그것을 보고 급하게 마달을 불렀다.

"어찌 된 거요? 구 사부가 어딜 가는 거요?"

"…정말이지… 존경을 금할 수가 없습니다."

마달은 금무창을 난감하게 바라보다 심각한 어조로 말을 꺼냈다.

"그게 무슨 말이오?"

"장주님, 사부님께선 혼자서 처리하실 모양입니다."

"뭐?! 안 돼! 내 아들을 반신불수로 만든 놈이 죽는 걸 이 눈으로 봐야 한단 말이오!"

"아드님 일은 안됐습니다."

"어떻게 얻은 아들인데 그 지경으로……. 놈을 쉽게 죽여선 안 되오. 사지를 갈기갈기 찢어 죽여야 하오!"

금무창이 얼굴을 붉게 상기시키며 이까지 갈았다.

"다, 당연히 사부님께선 그러실 겁니다. 한데 정말로 황보세가까지 처리할 생각이십니까?"

아직 구정효는 모르고 있는 사실이었다.

금무창이 마달에게만 귀띔을 한 까닭이다.

구정효가 안 하면 반드시 마달이 해야 한다는 압력과 함께.

"당연하오! 놈을 고용한 것은 분명 황보소소 고년이 확실할 거요. 천금장의 며느리가 되면 다 해준다고 했건만!"

"며느리요? 지금… 황보세가의 여식을 며느리로 삼으려고
했다고 했소?"

마달의 목소리가 살짝 딱딱해졌다.

"황보세가는 무슨. 다 쓰러져 가는 집에 병신 하나와 괜찮
은 계집 하나만 남은 곳일 뿐이지. 황보세가? 쿵!"

"이것 참. 장주님, 혹시 황보세가가 십이대세가 중 한곳이
란 건 알고 계시죠?"

"언젯적 얘기를 하고 있소, 마 대협?"

'대, 대협?'

마달의 입이 찢어질 듯 옆으로 퍼졌다.

"헤헤헤. 대, 대협이라니요. 당치도……. 그건 그렇고, 조
금 전에 하신 말씀은 못 들은 걸로 하겠습니다. 제갈세가의
귀에 들어가면 아무리 금 장주님이라도……."

"제갈세가? 쿵. 그들은 염려하지 않아도 되오."

"예?"

"제갈세가는 염려할 필요 없다고 했소."

금무창의 말에는 확신이 담겨 있었다.

'뭐지?'

마달은 금무창의 표정을 보며 고개를 갸웃거렸다.

몇 달 동안 지켜봐 온 금무창은 강호 유명 세가와 인맥을
유지할 정도의 인간이 아닌 까닭이다.

그들과 금전 거래는 물론이고 만나는 모습도 본 적이 없었

다. 당연히 저 자신감에 찬 모습이 어디서 나오는지 궁금해질
수밖에.

"혹시 제갈세가에 아는 분이라도……."

"마 대협, 너무 많이 알려고 하는구려. 구 사부나 잘 보좌
하시오."

'그러고 보니 사부님의 성이 구 씨라는 걸 이 돼지가 찾아
왔을 때 알았지. 이 돼지는 어떻게 사부님에 대해 알고 찾아
온 거지?'

구징효의 성이 '구 씨'라는 것만 알 뿐 이름은 마달조차 모
르고 있었다. 한데 금무창은 산으로 들어왔을 때부터 '구 대
협'을 찾는다고 했다.

*   *   *

황보소소가 약초를 캐러 간 곳은 건물 뒤쪽의 좁은 오솔길
을 따라 내려가면 나오는 개울 근처였다. 그곳에는 볕도 들지
않아 썩은 내가 습습한 냄새와 섞여 나오고 있었다.

황보소소는 익숙하게 개울을 건너 불에 그슬린 것처럼 검
은 나무에서 녹색 열매 몇 알을 땄다. 황보성의 치료를 위해
벌써 오 년째 즙을 내 먹이는 약초 열매였다.

"여긴 냄새가 점점 심해지는 것 같아."

열매를 천으로 감싼 후 황보소소는 숨을 참고서 자리를 벗

어났다.

잠시 후, 개울가에 용악이 모습을 드러냈다.

"이건 녹고삼(綠苦蔘)이 분명한데……."

황보소소가 따간 열매를 살피던 용악은 자신도 모르게 신음처럼 중얼거렸다. 녹고삼은 늪지나 습지에서 자라는 독성을 지닌 나무였다.

"그나마 다행이군. 녹고삼 열매가 이 정도 크기라면 그리 독성이 강하진 않을 테니까. 하나 가주님이 먹는다면……."

한숨이 나왔다.

분명 누군가가 녹고삼을 약초라고 속여 황보소소에게 건넨 사람이 있었다.

"그 약이 가주께서 드시는 약인가요?"

용악은 약을 달이고 있는 황보소소의 곁으로 다가가 태연히 물었다.

"하실 말씀이 있으시면 잠시 후에……."

"가주께선 그 약을 복용한 지 얼마나 됐습니까?"

"용 소협, 나중에요."

황보소소의 목소리엔 귀찮음이 담겨 있었다.

용악을 상대하느라 약이 타버리기라도 하면 큰일이기 때문이다.

"누가 그 약의 제조법을 알려줬나요?"

“용 소협, 약을 달인다고 말씀드렸잖아요.”

귀찮게 하는 용악을 돌아보는 황보소소의 눈에는 어이없음이 담겨 있었다.

“그 약, 앞으로는 가주께 드리지 마세요.”

“예?”

“황보 소저가 아침마다 약초란 걸 가지고 돌아올 때면 이상한 냄새가 났거든요. 제 코가 원래 개코라 냄새를 잘 맡아요.”

“혹시…….”

“제가 따라갔느냐는 말이면… 맞습니다.”

“용 소협, 어떻게?”

“녹고삼이 그 열매의 이름이에요. 운남에 가면 많이 볼 수 있는 독초지요.”

“예? 지, 지금 제가 잘못 들었나요? 독초라니요?”

황당한 용악의 말에 황보소소는 얼굴까지 벌게졌다.

“근처에 샘물이 흐르더군요. 덕분에 독성은 그리 강하지 않지만 오래 복용했을 경우… 몸이 제 구실을 못하게 돼요.”

“…….”

황보소소는 반박을 하려고 입을 열었다가 닫고 말았다. 용악의 손에는 새 한 마리와 녹고삼 열매가 들려 있었다.

“조금 전에 이 열매를 먹었지요. 움직이지도 못하고 눈만 껌뻑거려요. 마비 증상이죠.”

"마비요? 그럼 말이 안 되잖아요. 오빠는 움직이는 데 전혀 지장이 없거든요."

"새에게 먹인 것과 가주님이 드신 양에는 차이가 있습니다. 이 새도 잠시 후에는 날아다닐 수 있을 겁니다. 물론 몇 번 반복되면…… 그 열매를 누가 줬나요?"

"……."

"……."

"그럴 리가 없어요. 데려온 의원이 분명히 약초라고 했… 아니, 그분이 왜 오빠를 해치겠어요. 예?"

황보소소의 동공이 커지며 입술을 일자로 만들었다.

마음이 신뢰 쪽으로 기울어졌는지 이내 용악의 말에 반박했다.

"그분이라면 제갈기란 자인가요?"

"……!"

"맞는 모양이네요. 가주께서 며칠 내로 그 사람이 온다고 할 때 느낌이 오더군요."

"맞아요. 기 오라버니예요. 세가에 힘든 일이 있을 때마다 도와주신 고마운 분이에요. 그런 분께 용 소협은 지금 큰 실례를 하고 계신 거예요."

황보소소는 물러날 기세가 아니었다.

이럴 때는 몰아붙이는 것보다 다른 방법을 찾아야 한다는 걸 용악은 경험상 알고 있었다.

“그렇군요. 어쩌면 제가 제갈기란 사람을 오해하고 있을지도 모르겠네요. 아무튼, 오후에 가주님과 함께 마을로 갈 테니 그렇게 알고 계세요.”

“예? 용 소협, 도대체 말이 통하지 않는 분이군요? 기 오라버니는 절대 그럴 분이 아니에요. 괜한 시간낭비하지 마세요.”

“소저, 절대란 말은 하지 마세요. 그런 건 없어요. 제갈기란 사람이 두 분의 신뢰를 얻고 있으니 일단 확인만 해보기로 하죠. 어차피 탕기도 망가졌으니 약은 그만 달이세요.”

“탕기가 망가지다니요? 저렇게……”

황보소소의 고개가 돌아가는 순간, 멀쩡하던 탕기가 갑자기 ‘퍽’ 소리를 내며 산산조각 부서졌다.

황보소소는 멍한 눈으로 용악을 돌아봤으나 용악은 제자리에서 꼼짝도 하지 않았다.

“용 소협이 이런 건가요?”

“……”

용악은 아무 말도 하지 않고 가만히 황보소소를 바라보기만 했다.

“나가주세요. 당장!”

황보소소는 용악을 노려보며 소리쳤다.

그 모습은 용악의 입가에 쓴웃음을 짓게 만들었다.

“나가는 건 어렵진 않지만 그럴 수가 없네요.”

용악은 고개를 가로저었다.

"뭐, 뭐라고요? 지금 그걸 말이라고……."

"제가 가버렸다가 사실이면 황보 소저의 마음이 편치 않을 거잖아요. 그럴 바엔 차라리 욕 좀 먹더라도 제 말을 증명할 때까지 버티는 게 낫죠."

"……."

용악의 뻔뻔한 말에 황보소소는 할 말을 잃었다.

못 쓰게 된 약을 다시 만들어내라고 소리치고, 당신 같은 안하무인인 사람을 괜히 식객으로 들였다고 분노해야 했지만, 용악의 마지막 말 때문에 그렇게 하지 못했다.

"꼭 증명해야 할 거예요."

황보소소는 아랫입술을 지그시 깨물며 돌아섰다.

황보성과 마주 앉아 식사를 하는 내내 황보소소는 침묵으로 일관했다. 보다 못한 황보성이 이유를 물어도 입술을 꾹 다문 채 아무 말도 하지 않았다.

"답답해서 안 되겠다. 무슨 일인지 말해다오, 소소야."

"아무것도 아니에요."

"아니긴, 네 표정에 다 쓰여 있어. 일이 있었다고."

"아니래도요."

대답은 했지만 황보소소의 시선은 황보성의 눈을 피한 채였다.

"탕약 때문에 그러니?"

"……!"

황보소소가 놀란 눈이 되어 고개를 들었다.

매일 아침 먹던 탕약이 없으니 당연한 질문이었다.

"하루도 거르지 않던 탕약이 없더구나."

"아!"

"아? 이 오빠는 그렇게 둔하지 않단다."

황보성이 장난스럽게 대답했다.

탕약을 엎을 수도 있고 실수로 태울 수도 있었다.

그런 것쯤은 황보성에겐 아무런 문제도 되지 않았다.

하루 정도 기침에 시달리면 그만이기 때문이다.

"알았어요. 사실은… 기 오라버니가 가져온 그 뿌리 때문이에요."

황보소소는 용악 때문이라고 솔직히 말하지 못하고 녹고삼의 탓으로 말을 돌렸다.

"뿌리? 그것이 왜?"

"용 소협이 알고 있는 것과 비슷했던 모양이에요. 오빠가 드시면 안 된다고 약 달이는데 자꾸 훼방을 놓잖아요."

"용 소협이 알고 있는 것?"

"그… 아니에요. 이번만 모른 척 넘어가 주세요."

무언가 말을 하려다 말고 황보소소는 고개를 저으며 불쾌한 표정을 지었다.

"용 소협이 기에 관해서 나쁜 말을 한 모양이구나. 그렇지?"

"아, 아니에요."

황보소소는 깜짝 놀란 목소리로 고개를 저었다.

"아니라면서 왜 그렇게 놀라는 거냐? 사실 며칠 전에 기 그 친구에 관해 말해둘 것이 있어서 용 소협을 따로 불렀다. 한데, 이상한 소릴 하더구나."

"혹시 기 오라버니의 험담을 했나요?"

"험담이라……. 글쎄다. 험담이라기보다는 세가에 관한 얘기라고 해야겠지. 용 소협은 기 그 친구가 마음에 들지 않는다고 하더구나, 천금장과의 일을 모른 척했다며."

"……."

"아버님과 형님들을 잃은 내게 위로를 건네준 유일한 친구가 기였다. 내 병에 좋다며 손수 약초 뿌리를 들고 찾아와 준 친구 역시 기였어. 왜 그렇게 대답을 못했는지 모르겠다. 아마도 잠시 내가 어떻게 됐었던 모양이다."

황보성은 용악에게 지금처럼 말하지 못한 것이 못내 후회스러운지 착잡한 표정을 지었다.

"아니요. 그건 오빠 잘못이 아니에요. 사람을 잘못 보고 식객으로 받아들이자고 한 제 잘못이에요. 나가달라고 제가 말하겠어요."

"그런데 말이다."

황보성이 당장 일어서려는 황보소소를 만류했다.

"소소야, 만약… 만약에 말이다. 제갈세가가 우리와 똑같은 상황에 처했다면 내가 어떻게 했을 것 같으냐?"

"당연히 하루가 멀다 하고 기 오라버니를 찾아갔겠죠. 오빠는 알면서 모르는 척할 수 있는 사람이 아니잖아요."

황보소소는 생각할 것도 없다는 듯이 빠르게 대답했다. 누구보다 황보성에 대해 잘 아는 여동생의 대답이었다.

"그렇지? 그랬을 거야. 친구니까."

황보성은 친구란 단어에 묘한 여운을 담았다.

제갈기에게 바란 것이 없기에 그동안은 고마워했다.

"참, 용 소협이 뿌리를 어떤 것과 착각했다고?"

"들을 필요 없어요."

"오빠가 물어보잖니."

"녹고삼이란 풀이래요. 한데……."

황보소소는 생각만 해도 불쾌한지 미간을 찌푸리며 말을 흐렸다.

"그런데?"

"녹고삼이란 풀이 독을 먹고 자란대요. 그게 말이 돼요? 그럼 기 오라버니가 오빠한테… 오빠?"

황보소소는 황보성의 표정이 멍해지는 것을 보며 해서는 안 되는 생각을 하고 말았다. 어쩌면 황보성은 이미 알고 있었을지도 모른다는.

　　　　　*　　　　*　　　　*

“이봐, 영감.”

마달이 말을 건넨 사람은 촌장이었다.

마을로 들이닥친 일단의 무뢰배들, 생김새를 보고 마을 사람 중 한 명이 촌장에게 그렇게 보고를 했다.

마달을 삐딱하게 바라보던 촌장은 대놓고 코웃음을 쳤다.

“저, 저 영감이!”

“영감이 아니라 촌장이다, 이놈아!”

“그것도 감투라고. 긴말 않겠다. 가서 놈을 데려와.”

“놈? 뭔 놈?”

“그놈!”

“그니까, 뭔 놈?”

“천금장의 후계자를 팬 놈!”

“천금장의 망나니를 누가 팼다고?”

“모른 척하지 말고 빨리 나오라고 해. 안 그러면 오늘 이 마을, 완전히 사라질 줄 알아.”

“누군지는 몰라도 좋은 일 했네. 그런 사람을 내가 알고 있으면 행여나 네놈에게 알려줄까.”

촌장은 기분 좋게 콧방귀를 뀌었다.

“이봐, 영감. 우리가 누군 줄 알아?”

“니들? 돼지에게 알랑거리는 놈들이지. 우리 아가씨를 못 살게 구는 돼지에게 붙어서. 헐헐헐.”

“뭐 이런 영감탱이가…….”

촌장의 대답에 마달은 더 이상 참지 못하고 누런 이를 드러내며 당장 죽일 것처럼 검에 손을 가져갔다.

“뽑지 마.”

구징효가 한 손으로 얼굴을 가린 채 고개를 가로저으며 마달을 제지시켰다.

“사, 사부님, 저 영감탱이가 하는 행동을 보셨잖습니까?”

마달이 억울하다는 눈으로 구징효를 돌아봤다.

“너, 진짜 죽을래?”

“예?”

“그렇게 부르지 말랬지?”

구징효의 이마에 힘줄이 돋아났다.

마달에게 사부라고 불리는 순간 창피해서 손으로 얼굴을 가리게 됐다.

“니 눈에는 저 노인이 그랬을 것 같으냐?”

“그렇진 않지만, 저 노인을 족치면 그놈이 나올 겁니다. 제 경험상 틀림없습니다.”

“그자를 니가 봤어?”

“못 봤죠.”

“근데 왜 나서?”

"그, 그… 그러니까… 죄송합니다, 사… 제가 주제넘었습니다."

마달은 자신이 구징효에게 꼬박꼬박 말대답을 하고 있다는 걸 그제야 깨달았다. 마른침을 삼키며 겁먹은 얼굴로 물러서려 할 때였다.

"이게 뭐요, 구 사부? 어서 쓸어버리지 않고!"

가마에 몸을 싣고 있던 금무창이 벌떡 일어나며 고래고래 소리를 질렀다.

촌장은 물론이고 마을 사람들 전체가 금목원을 그 지경으로 만들었다고 여기는 금무창으로선 당연한 반응이었다.

"저놈들이 내 아들을 반신불수로 만들었단 말이요! 전부 죽여 버려! 쓸어버려!"

금무창은 손가락질까지 해대며 길길이 날뛰었다.

그 모습이 가관이었다.

축 늘어진 뱃살이 출렁거리는 바람에 구징효는 자신도 모르게 기가 막힌 웃음을 터뜨리고 말았다.

"하아… 애초에 이런 일에 끼는 게 아니었는데."

구징효는 한심한 눈으로 마달 등을 돌아봤다.

마달 등은 분위기 파악을 못하고 슬그머니 입방아를 놀렸다.

"제게 맡겨만 주시면 빠르게 정리하도록 하겠습니다."

"니들 때문에 오긴 했다만, 이건 아닌 것 같다."

"예? 저 촌장만 족치면 다 해결된다니까요? 세상에 공짜는 없잖습니까, 사… 님. 그저 모른 척만 해주십시오. 나머진 제가 알아서… 헤헤헤."

"난 오늘 여기 안 온 거다."

"걱정 마십시오!"

마달이 마을 입구로 걸어가는 구정효의 등에 대고 허리를 구십 도로 숙였다.

"구, 구 사부! 어딜 가시오!"

금무창이 깜짝 놀라 외쳤다.

"마달이 알아서 할 거요. 내가 무슨 살육을 즐기는 살인마도 아니고. 밖이나 둘러보고 있겠소."

"구, 구 사부……."

"헤헤헤. 사부님께선 항상 말씀하시길, 절정고수가 아니면 손을 쓰지 않는다고 하셨습니다. 여긴 저 혼자서도 충분하니 아무 걱정 할 것 없습니다."

"절정고수?"

금무창의 얼굴에 황당함이 가득했다. 아무리 강호에 대해선 문외한이라고 해도 절정고수가 어떤 사람들인지 잘 알고 있었다.

일류, 절정, 초절정, 생사경.

무공의 경지를 나누는 단계였다.

일류고수라 불리려면 구대문파의 일대제자와 자웅을 결할

수 있어야 하고, 절정고수라 불리려면 구대문파의 장로 급이
나 그들과 같은 배분의 고수들이어야 가능한 경지였다.

당연히 현 강호에 절정고수라 불릴 사람은 많지 않았다. 당
연히 그런 고수가 이런 곳에 있을 리 없는 것이다.

금무창으로선 구정효의 평계로밖에 여겨지지 않았다.

그때, 푸들푸들 떨고 있는 금무창의 귀로 맑은 목소리가 들
려왔다.

"천금장주, 이 무슨 실례입니까?"

식은땀을 흘리는 황보성을 부축하며 황보소소가 금무창을
향해 똑소리나게 물었다.

금무창을 비롯해 마달 등은 일제히 동작을 멈췄다.

말로만 듣던 황보소소의 미모에 넋이 빠진 모습들이었다.

조금 전까지만 해도 마을을 몰살시키려던 금무창의 눈빛
이 살짝 바뀌었다.

"호호호. 마 대협, 생각이 바뀌었소."

"……?"

"마을의 떨거지들은 내버려 두고 저년을 천금장으로 데려
가시오. 죽여 버리는 건 너무 쉽고, 평생 아들놈의 뒷수발이
나 들며 지내도록 해야겠소."

금무창의 번들거리는 얼굴에 음흉함이 번졌다.

"황보 소저를 천금장으로 말입니까?"

"그렇소."

“이건 계약에 없는 일인데…….”

마달이 슬쩍 꼬리를 말았다.

마을 사람들을 처리하는 것은 문제가 되질 않지만 황보세가의 대를 잇는 황보성과 황보소소는 다른 문제였다.

괜히 건드렸다가 다른 지역의 세가들이 알게 되면 마달의 목숨은 그날로 끝장이 나는 것이다.

“돈은 원하는 대로 주겠소, 마 대협.”

“워, 원하는 대로요?”

“평생 놀고먹을 수 있는 돈이면 어떻소?”

“으음…….”

이런 기회는 평생 다시 오지 않을지도 모른다.

이 자리에서 두려운 사람이 있다면 구징효뿐인데 알아서 하라고 했다. 일이 잘못돼도 책임져 줄 사람이 있는 것이다.

“당연히 해야죠.”

마달이 결심을 하고 한 발 앞으로 나섰다.

기다렸다는 듯이 마을 사람들은 농기구를 들며 마달을 가로막았다. 하지만 아무리 실력없는 낭인이라도 마을 사람들이 상대하기엔 역부족이었다.

마달은 가로막는 마을 사람들을 늘씬 두들겨 패며 앞으로 전진했다.

“이보시오, 금 장… 컥.”

황보성은 웅성거리는 마을 사람들을 안정시키고는 앞으로

나서려 했지만 마달의 억센 손아귀에 목이 잡혀 멈춰 설 수밖에 없었다.

"금 장주님 말씀 들었지? 너는 저 계집을 데리고 갈 때까지 가만히 있어줘야겠다."

마달은 거칠게 말을 내뱉은 후 발버둥치는 황보성의 복부를 무릎으로 때렸다.

'아, 안 돼!'

황보성은 눈을 부릅뜨며 지나가는 마달을 잡으려 손을 마구 휘저었다. 그 모습을 지켜보던 금무창은 세 겹으로 접힌 턱을 흔들거리며 비웃었다.

"흐흐흐, 그 정도는 돼야 분이 풀리지."

"왜, 왜 이러는 겁니까, 금 장주… 쿨럭쿨럭……."

"왜? 내 아들을 그 지경으로 만들어놓고, 왜에?! 내 아들을 반신불수로 만든 놈은 어디 있느냐?"

"그, 그런 억지가……."

"억지? 다시 한 번 황보세가를 건들면 천금장을 없애겠다고 협박하고 돌아간 놈이 있어. 네가 모를 리 없을 텐데?"

금무창의 말에 황보성은 순간적으로 한 사람을 떠올렸다.

'호, 혹시 용 소협이?'

그럴 리 없었다.

황보성의 기억으로는 용악이 한 번도 마을을 떠난 적이 없기 때문이다.

“금 장주, 뭔가 착오가 있을 거요.”

“착오? 언제까지 그 소리가 나오나 보자. 나 금무창의 뒤에 누가 있는데!”

금무창이 가마를 후려치며 버럭 고함을 질렀다.

*　　　*　　　*

용악은 산에 오르기 전에 봤던 의원을 찾았다.

녹고삼 열매에 독이 담겨 있다는 건 알지만 해독에 대해서는 전혀 모르기 때문에 방법을 묻기 위해서였다.

의원 안에는 사람이 별로 없었다.

살짝 신뢰감이 사라지는 순간이었다.

용악은 순서를 기다리는 사내 옆으로 다가가 슬쩍 말을 붙였다. 사냥꾼인지 가죽으로 만든 옷을 입고 있어 퀴퀴한 냄새가 진동했다.

몇 명이 더 있긴 했는데 노인과 노파 두 분이었다.

“다치셨나 보네요. 여기 용한가요?”

“용하고 말고가 없수. 태산 근방에 의원이라고는 여기뿐이니까. 타지 사람이우? 겉으로 보기엔 멀쩡한 것 같은데 어딜 다쳐서 왔수?”

앉은키가 용악보다 큰 사내는 타이르듯이 말했다.

“다른 사람 때문에 왔어요. 한데, 사람이 너무 없는 것 아닌가……."

"평소엔 자리가 없는데 천금장 무사들이 죄다 어디로 몰려가서 사람이 없는 거유."

"예? 천금장 무사들이요?"

"호위랍시고 거들먹거리는 종자들이 매일 이곳에 들르는데 오늘은 일이 있어 산으로 죄다 몰려갔다고 하더군. 어딜 간다고 하더라……."

"젊은 놈이 기억력이 왜 그려! 황보!"

용악과 사내의 대화를 듣고 있던 노파 한 분이 버럭 소리를 지르셨다.

"황보요? 혹시 황보세가를 말하는 건가요?"

용악이 재차 물었으나 노파는 더 이상 대답하지 않고 고개를 돌려 버렸다.

"맞소. 노인네가 끝까지 말하는 것이 귀찮아서 황보세가를 그리 말한 거요. 한데 왜 그러슈?"

"제길!"

용악의 입에서 갑자기 고함이 터졌다.

"뭐야? 지금 뭐 하는 거야? 나, 나도 목소리 커! 목소리 큰 거 하나로 이날 이때까지 먹고산 사람이 난데… 해보자는 거야, 뭐… 어?"

사내가 악을 쓰며 일어섰을 때는 이미 용악은 사라진 후였다.

촌장은 기가 막힌 눈으로 마을을 돌아봤다.

마을 사람들 대부분이 마달 등에게 맞아 쓰러지거나 피를 흘리는데 걸린 시간은 얼마 걸리지 않았다.

그러나 그런 것은 아무것도 아니었다.

"하늘도 무심하지… 저런 망나니 같은 놈들이나 잡아가지 왜 아가씨를……."

"요, 용 소협… 쿨럭쿨럭……."

황보성은 멈추지 않는 기침 때문에 하고 싶은 말을 제대로 할 수 없었다.

"그놈은 찾을 것도 없습니다, 도련님. 이놈들이 나타난 걸 보고 벌써 줄행랑을 친 겁니다. 그러게 그놈을 식객으로 받아들이시는 게 아니었어요."

촌장은 나타나지 않는 용악에게 욕을 퍼부었다.

용악을 찾는 황보성의 미련을 끊어줄 요량인 것이다.

황보성은 기침 때문에 말도 제대로 못하고 괴로워했다. 그 모습에 아직 움직일 수 있는 마을 사람들의 눈에서 눈물이 멈추질 않았다.

"우리가 찾던 놈은 없는 모양이군. 그러게 천금장주님이 내주랄 때 황보소소를 순순히 내줬으면 이런 꼴은 안 당했을 것 아니야. 그럼 우리도 편하고. 이왕 이렇게 된 것, 밭이나 갈며 열심히 살… 힉!"

마달이 득의양양해서 설교를 끝내려다 말고 희한한 소리를 냈다. 마달의 몸이 서서히 위로 들려졌다.

누군가가 마달의 뒷깃을 잡고 들어 올린 것이다.

"누, 누구… 우어!"

마달은 고개를 돌린 상태로 허공을 날아가 그대로 땅에 처박혔다.

"늦었습니다."

후회 가득한 목소리가 마달의 뒤에서 들려왔다.

용악은 마달이 땅에 떨어지기도 전에 황보성을 부축해 일으켜 세워주었다. 그런 용악을 촌장이 물끄러미 쳐다보다 눈빛이 점점 험악하게 변했다.

딱!

"이놈!"

용악의 머리를 있는 힘껏 때린 촌장은 소리부터 질렀다.

"네놈은 뭐 하는 놈이야! 황보세가의 식객이 왜 이제야 나타나! 지금까지 수많은 황보세가의 식객을 경험했지만 너같이 허술한 놈은 처음이야, 이놈아!"

촌장은 한 번으로는 마음에 차질 않는지 계속해서 용악의 머리를 때렸다.

"그래도 왔잖아요."

용악은 촌장의 손을 피하지 않고 고스란히 맞았다.

"왔으면? 천금장의 돼지가 납치해 간 아가씨는? 네가 황보세가의 처마 밑에서 밥 한 끼라도 먹었다면, 그런 생각을 조금이라도 갖고 있다면 어서 가서 아가씨를 모시고 와! 어서!"

"황보 소저가 납치됐다고요?"

어째 안 보인다 했다. 황보성과 마을 사람들이 있기에 다른 곳에 숨어 있겠거니 했다.

"그렇다잖아!"

"그만 좀 소리 지르고 어디로 갔는지 말해요!"

용악의 눈빛이 사납게 변했다.

소리를 지르던 촌장조차 깜짝 놀라 말을 멈출 정도로 지독한 눈빛이 드러났다.

"저, 저쪽……."

촌장의 손끝을 확인한 용악이 천천히 돌아섰다.

날아가 땅에 처박힌 마달이 낭인들에게 뭐라 지껄이고 있었다. 하지만 돌아선 용악의 시선을 본 낭인들은 달려들 생각도 못하고 주춤거리며 물러서기 시작했다.

슥.

용악이 걸었다.

낭인들은 용악의 근처에도 가지 않았는데 하나둘씩 픽픽 쓰러지기 시작했다.

그것이 끝이었다.

마을 사람들이 사라지는 용악을 멍한 눈으로 볼 때까지 일어나는 자는 없었다.

“저들을 묶으세요.”

황보성이 일어나려 애쓰며 촌장에게 말했다.

“도, 도련님, 괜찮으세요?”

“예, 괜찮아졌네요.”

“어찌 이런 일이…….”

촌장은 황보성이 기침을 하지 않자 신기한 눈으로 쳐다봤
다.

‘용 소협.’

황보성은 잠시지만 용악이 목과 등을 슬쩍 누른 것을 떠올
렸다.

第四章
제갈기

천산마제

　금무창은 지금까지 살아오면서 두 가지 철칙은 무슨 일이 있어도 지켰다. 갖고 싶은 것은 수단과 방법을 가리지 않고 가져야 한다는 것과 손에 들어온 것은 뭐든지 빠져나가지 못하게 해야 한다는 것.

　살에 파묻혀 잘 보이지 않는 금무창의 눈이 게슴츠레 빛을 뿌리고 있었다. 황보소소의 아름다운 미모는 다시 봐도 훌륭했다.

　금무창은 자신도 모르게 입맛을 다셨다.

　저런 미모를 지닌 여자를 반신불수가 된 아들에게 주기 아까워진 것이다.

소름 끼치는 시선을 느꼈는지 천금장의 경비들에 의해 끌려가던 황보소소가 옆을 돌아봤다. 하지만 입에는 재갈이 물려 있었고 손은 끈으로 묶인 상태였다.

'이게 무슨 짓이람.'

구징효는 제일 앞에서 걷고 있었지만 뒤쪽이 어떤 상황인지 안 봐도 모두 그려졌다. 모른 척해야 하는데, 그래야 편하다는 것을 아는데 그것이 쉽지 않았다.

황보소소를 천금장에 데려다 주고 나면 낭인들에게서 멀어지기로 했다. 하지만 그렇게 되면 또다시 도망치게 되는 것이다.

"제길……."

"사부님, 부르셨습니까?"

나직한 구징효의 목소리에 역시나 눈치없는 마달이 다가왔다.

"……."

구징효는 심기 불편하니 건들지 말라는 표시를 얼굴 전체에 드러낸 채 걷기만 했다.

"에휴, 저도 사부님과 같은 심정입니다."

'나와 같은 심정?'

"사부님께서 그 자리에 계시기만 했어도… 헤헤. 사실 저런 미녀를 돼지에게 주긴 정말 아깝습죠. 사부님만 허락하신다면 저 돼지를 처리하고 계집을 우리가……."

마달은 말을 끝까지 하지 못했다.

그의 턱 아래를 뚫은 나뭇가지 하나가 정수리로 솟구쳤기 때문이다.

털썩.

쓰러지는 마달을 보며 모두 자리에 멈춰 섰다.

"끝내 귀를 더럽히는군. 단신으로 천산을 지배하는 천산마제(天山魔帝)처럼 되겠다며 이런 짓이나 하고 있다니… 부끄럽다."

구징효의 뒤를 따라가던 낭인들과 금무창은 일제히 입을 벌린 채 아무 말도 하지 못했다. 엄청난 손속이 아닐 수 없었다.

낭인들은 마달이 죽었다는 사실보다 구징효의 손속에 얼굴 가득 존경의 빛을 드러냈고, 금무창 역시 감탄하는 눈빛을 감추지 않았다.

'가, 가만, 내가 이렇게 기뻐할 때가 아니지. 구 사부가 왜 저렇게 화가 났지? 혹시 황보소소를 마음에 두고 있었던 건가?'

금무창의 착각은 충분히 가능성이 있었다.

지금까지 조용하던 구징효가 갑자기 화를 내며 손을 썼다? 이유는 오직 한 가지, 황보소소와 관련된 것뿐이었다.

'마을에서부터 구 사부의 표정이 좋지 않았어.'

구징효에게서 직접 듣는 수밖에 없었다.

"구 사부, 왜 그러시오?"

금무창은 모른 척 가마에서 상체까지 일으키는 수고를 했다. 눈은 구징효에게서 떨어지지 않았다.

"금 장주, 역시 이런 짓은 나에게 어울리지 않아. 이런 짓거리가 싫어서 산으로 들어갔던 건데… 이게 뭐냐고. 난 그만두겠소."

구징효는 한 인간을 알고 있었다, 치사하고 졸렬하며 목적을 이루기 위해서는 수단과 방법을 가리지 않았던.

그 인간이 싫어서 모든 것을 버리고 떠나왔건만 결국은 그놈과 다르지 않은 짓을 자신이 한 것처럼 된 것이다.

'희창, 네놈은 도통 나를 놔주지 않는구나.'

구징효의 젊음을 모두 가져간 무쌍문의 현 주인인 무쌍겸 희창.

무쌍권이란 별호와 함께 무쌍문 최고수였던 구징효에게 폐관 수련을 종용하고 그사이 무공을 익히다 미쳤다는 소문을 퍼뜨려 결국 모든 문도들이 외면하게 만들더니 추방까지 한 자였다.

희창의 거대한 낫이 아무리 대단해도 구징효의 주먹 역시 못지않았으나, 둘도 없는 아우들과 가족들을 하나둘씩 죽이는 데에는 막을 재간이 없었다. 그들을 지키기 위해 들어온 곳이 태산이었다.

황보세가를 떠나오며 보았던 황보성의 창백한 안색이 잊

히지 않는 이유이기도 했다.

화르르.

무염겸 희창의 산발한 머리칼과 검은 낫을 떠올리자 구징효는 자신도 모르게 살기를 일으켰다.

'응?'

살기를 일으키는 순간 감지된 움직임.

구징효의 시선이 숲 저쪽으로 돌아갔다.

'저 사람, 어딜 보는……'

황보소소는 구징효의 태도에 일말의 기대를 품고 있는 중이었다. 당연히 구징효의 시선을 무의식적으로 쫓아갔다.

'용 소협은 아니겠지?'

아침에 비록 사소한 다툼이 있었지만 용악은 그렇게 쉽게 떠나 버릴 사람은 아니었다. 아니, 그렇게 믿고 싶었다.

황보소소의 시선이 구징효의 시선을 완전히 따라갔을 때다.

휙.

"……!"

무언가가 빠르게 황보소소의 곁을 스치고 지나갔다.

황보소소는 소스라치게 놀라며 몸을 움츠렸다.

곧이어 허공에 진홍빛 선혈이 뿌려졌다.

"아!"

황보소소는 뿌려지는 선혈이 그녀의 것이라도 되는 것처

럼 아찔한 표정을 감추지 않았다.

그때, 황보소소를 양쪽에서 감시하던 두 낭인이 장작처럼 쓰러졌다.

"누구냐!"

거대한 금무창의 몸이 가마에서 벌떡 일어나며 큰 소리를 냈다.

황보소소는 비명을 지르는 것도 잊었다.

그런 그녀에게 들려온 목소리.

"소소야, 오랜만이다."

중저음의 듣기 좋은 목소리였다.

등 뒤에서 들려온 목소리의 주인은 황보소소의 입에 물린 재갈을 풀어주었다.

황보소소가 돌아보자 뒤쪽에 이십대 중반으로 보이는 하얀 피부의 미청년이 웃고 있었다.

"기 오라버니?"

황보소소는 자신을 구해준 제갈기를 보고 흠칫 놀라고 말았다.

"그래, 예쁜 건 여전하구나. 아니지. 이젠 아름답다고 해야 하려나? 하하하!"

"어떻게……?"

황보소소의 귀에 제갈기의 농담은 들어오지 않았다.

'용 소협… 정말 떠난 건가요?'

기다리던 사람이 아니라서일 것이다.

눈동자에 거의 드러나지 않을 정도의 아쉬움이 담겼다. 기대가 무너진 탓일까, 황보소소의 시선은 더 이상 제갈기에게 머물지 않았다.

'뭐지?

제갈기는 황보소소의 표정을 순간적으로 읽을 수 있었다. 안도감이 아닌 실망한 것 같은 표정을.

제갈기의 눈썹이 꿈틀거렸다.

달려들며 울어도 시원찮을 상황에서 황보소소가 지나치게 이성을 갖고 있었다.

"성 그 친구도 함께 있었느냐?"

황보소소가 저런 표정을 짓는 데에는 다른 이유가 있을 거라 여긴 질문이었다.

"아! 오빠, 오빠는 아직 마을에 계세요."

'마을에? 그럼 성 그 친구를 걱정한 것이 아니다?'

"기 오라버니, 어서 오빠를 구해주세요."

"물론이지. 일단 이자들을 모두 벌한 다음에 가도록 하자. 도대체 이들은 누구냐?"

제갈기는 더 이상 묻는 건 무의미하다고 여기고 화제를 돌렸다.

낭인들은 대부분 제갈기가 데려온 제갈세가의 무사들에 의해 포위된 상황이었다. 한 사람을 제외하고.

털썩.

제갈기의 눈에 무사 둘이 무너지는 모습이 들어왔다.

"이봐, 젊은이. 난 척하는 꼴 끝냈으면 나 좀 보지?"

구징효는 제갈세가의 무사들을 가볍게 처리한 후 제갈기를 향해 웃었다.

어떻게 손을 썼는지 제갈기는 보지 못했다.

"그런 실력을 지니고 있으면서 부하들이 제압당할 때까지 두고 본 건가? 무슨 속셈이지?"

"부하?"

"저들."

"그놈들은 내 부하도 뭣도 아니네, 젊은이. 잠시 한눈을 팔았지만 정신을 차렸지. 그나저나 젊은 나이에 검기를 일 장 가까이 뿌리다니 제법이군."

구징효의 결정에 낭인들은 일제히 술렁거렸으나 어느 누구도 거기에 대해 왈가왈부하는 이는 없었다. 그들을 대변해 줄 마달이 사라진 까닭이다.

"후후후, 편리한 생각이군. 불리하니 부하를 버리겠다? 혼자 도망이라도 가겠다는 건가?"

제갈기는 황보소소를 무사 둘에게 보호하도록 시킨 후 차가운 시선으로 구징효를 향해 검을 겨눴다.

"역시 범부 밑에 견자 없군. 제갈가주가 아들을 제대로 키웠어."

“……!”

“제갈문이 아버지 맞지?”

“당신 따위가 함부로 들먹일 함자가 아니다.”

“크. 제갈가주의 무용담으로 겁줄 생각은 하지 않는 것이 좋네. 나는 제갈세가든 황보세가든 그런 이름에는 관심이 없으니까 말이지. 내 관심은 오직 이 두 주먹이네.”

“그 주먹으로 힘없는 여인을 납치했나?”

“납치? 젊은이, 그렇게 대놓고 말하면 내 체면이 뭐가 되겠나?”

“체면? 하하하! 당신에게 그런 것이 있었나?”

“큼. 이래서 거절하려고 했더니. 니들 때문에 젊은이 앞에서 체면이 말이 아니구나.”

“사…….”

누군가가 구징효에게 ‘사부님’ 이라 부르려 했으나 다른 낭인에 의해 급히 제지됐다.

“전부 이 젊은이에게 고마워해. 이 젊은이가 나서지 않았으면 저 돼지는 물론이고 니들은 전부 내 손에 죽었을 테니까. 오늘 이후 내 눈에 띄지 마라. 그때는 직접 죽여줄 테니까.”

말을 끝낸 구징효의 몸에서 기세가 피어났다.

듣고만 있던 제갈기의 눈에 이채가 발해진 것도 그때였다.

“우습군. 당신이 그렇게 말하면 내가 저들을 보내줄 것이라 여긴 것이오? 그렇다면 당신은 나를 크게 잘못 봤소."

"큭. 마음대로. 나는 상관 않겠네, 젊은이. 가능한 빨리 끝내주기만 바라도록 하지."

구징효는 양손을 펴며 옆으로 물러나는 시늉을 했다.

"혹시나 해서 말해두는데, 우리가 부하들을 상대하는 동안 도망치겠다, 그런 야비한 행동은 용서하지 않겠소."

"말 참 많군. 어서 끝내라고. 고 조동이를 목 뒤까지 밀어 넣어 줄 테니까."

"그 자신감 하나는 인정하겠소. 한데… 나는 왜 당신에 대해 전혀 들은 기억이 없는지 모르겠소. 별호를 물어도 되겠소?"

"젊은이, 내 나이쯤 되면 이름은 중요하지 않다네."

"역시 다른 생각을 갖고 있군. 왜, 이름을 말하려니 두려운 건가?"

제갈기의 왼쪽 입꼬리가 보일 듯 말 듯 올라갔다.

"그런 것은 아닌데… 자네의 면상을 보고 있자니 열받는군."

"변명은……. 후후후. 아버님께서 말씀하시길, 강호에 나가면 항상 조심하라고 이르셨소. 이름없는 기인이사가 수도 없이 많으니 말이오. 한데… 아무리 봐도 당신은 기인이사는 아닌 것 같군."

제갈기는 구징효의 말투를 따라 하며 비웃음을 멈추지 않왔다.

"개소리!"

"뭐라고?"

"제갈문의 말은 모두 개소리라고 했네!"

"가, 감히!"

제갈기는 황당한 표정이 되어 구징효를 쳐다봤다.

구징효를 떠보기 위해 한 말일 뿐 별 뜻도 없는 말이었다.

"그런 변명은 싸우기 힘들어진 늙은이들의 핑계에 지나지 않아! 인정하기는 겁나고 자리를 지키기 위해 그런 수작들이지. 은거기인? 나를 보게. 어딜 봐서 늙은이로 보이나? 이 불뚝거리는 팔, 자신감 넘치는 이 눈, 결코 기인이사는 아니니 흰소리 그만하고 저들을 마음대로 하게나."

"아니, 아니."

제갈기의 고개가 좌우로 흔들렸다.

"생각을 바꿨소. 당신을 상대하기로."

마지막 '당신' 이란 말에 힘을 준 제갈기가 자세를 바로 잡으며 기세를 드러냈다.

두 사람의 시선이 마주쳤다.

구징효 역시 흥미롭다는 눈으로 양손을 풀며 자세를 바로 했다.

파앙!

구징효의 발아래서 거친 소리가 터졌다.

“……!”

제갈기는 직접적으로 전해지는 힘이 아닌, 투기(鬪氣)에 의해 머리칼이 날렸다. 자세를 바로 했을 뿐인 구징효에게서 언제든 공격하라는 여유까지 느껴지고 있었다.

일류고수의 경지에 오른 제갈기였으나 상대와의 차이를 절감할 수밖에 없었다. 모든 감각이 곤두서며 구징효를 피하라고 외치는 것 같았다.

‘강하다!’

제갈기의 놀라는 눈빛을 봤던가?

구징효는 슬쩍 자세를 풀며 손을 흔들었다.

“젊은이, 이 정도에 겁먹으면 안 되지. 좀 더 힘을 내봐. 더 할 수 있잖아? 젖 먹던 힘까지 모두 끌어내 보라고.”

“닥쳐! 아직 시작도 안 했다!”

제갈기의 눈에서 불꽃이 일며 땅을 박차고는 그대로 구징효의 머리를 향해 검을 날렸다.

쉬앗, 핏!

내려칠 때까지만 해도 구징효의 머리를 향했던 검이 잔영처럼 비켜선 구징효의 어깨를 스치고 지나갔다.

“헛!”

제갈기가 헛바람을 삼키려 할 때 묵직한 고통이 복부를 울렸다.

파항!

구징효가 제갈기의 검을 피하며 슬쩍 날린 주먹이었다.

"하나 더 가네."

"……!"

제갈기는 무의식중에 검을 내려 복부를 막은 후에야 구징효의 모습을 찾았다.

땅!

주먹과 검이 부딪치며 금속성을 냈다. 하나 엉겁결에 막은 방어로는 구징효의 주먹을 막을 수가 없었다.

제갈기의 몸이 허공으로 붕 떠오르더니 의지와 무관하게 구징효를 향해 내려가고 있었다.

"아직이다."

제갈기는 이를 악다물며 검끝을 끌어당겨 구징효의 주먹과 부딪칠 자세로 바꾸었다.

쾅!

"호!"

구징효의 눈썹이 역팔자로 휘었다. 기분 좋을 때 짓는 표정으로, 손등을 타고 전해지는 제갈기의 검기를 가볍게 뿌리쳤다.

"젊은이, 생각보다 좋군."

"칫."

제갈기는 땅으로 내려서자마자 검을 사선으로 내리며 방어 자세를 취했다. 한 번의 공방으로 구징효의 실력이 월등함이 드러난 것이다.

'전력을 다하지 않고도 내 소천성검법을 막았다. 게다가 주먹만으로. 아버님 말씀대로 오늘 강호의 은거기인이라도 만난 건가?'

소천성검법의 특징인 검신을 타고 흐르는 소용돌이가 구징효의 주먹에 부딪치는 순간 막혀 버리고 말았다.

'소천성검법이 안 되면 대천성검법으로 간다!'

소천성검법을 팔성 이상 익히지 않으면 시작도 할 수 없는 검법이 대천성검법이었다. 현재 제갈기의 성취는 삼 성 정도. 지금과 같은 상황이 아니면 결코 사용하려 들지 않았을 것이다.

츠르르.

제갈기의 몸에서 기이한 소리가 났다.

기감을 최대한 높여 체내에 있는 기를 밖으로 내보내 우주를 형성시키기 위한 과정이었다. 이 과정에서 생성되는 우주의 크기에 따라 대천성검법의 성취가 결정된다.

빗방울이 바닥에 닿는 소리라면 삼성, 땅이 갈라지는 소리라면 육성, 우레와 같은 소리라면 구성, 마지막으로 소리가 나지 않는다면 대성했다 할 수 있다.

츠르르.

제갈기의 몸에서는 연신 빗소리가 났다.

"대천성검법?"

구징효는 제갈기의 몸에서 나는 소리를 듣고서 이채를 발했다.

"당신이 어떻게 대천성검법을 알지?"

"내 나이쯤 되면 강호에 이름난 무공들은 한 번씩 접해봤다고 할 수 있지. 물론 지금까지 살아 있는 걸 보면 내가 무척 강하다는 것을 알겠지만. 용기는 가상하지만 겨우 삼성으로는 힘들어."

'크흑.'

제갈기는 시작도 하기 전에 패배를 예감해야 했다.

'예전에 제갈문과 싸울 때는 패기만 넘쳤지. 그때는 싸우고 싸우고 또 싸우면 언제고 하늘이라 불릴 줄 알았던 시절이기도 했고.'

과거를 떠올리던 구징효의 입가에 쓸쓸한 미소가 얹혀졌다. 올라갈 줄만 알았지, 단 한 번의 패배로 모든 것을 잃게 될 줄은 생각지도 못한 까닭이다.

큐웃.

"응? 웃."

날카로운 예기 때문에 구징효의 생각은 이어지지 못했다. 구징효는 상체를 뒤로 뉘었다가 왼발을 축으로 빙그르르 돌았다.

제갈기의 검이 그대로 지나치는가 싶더니 구징효를 따라 휘어들어 왔다.

소천성검법이 힘을 한곳에 집중시킨다면 대천성검법은 한 곳을 기점으로 넓게 퍼뜨리는 형태의 특성을 지니고 있었다.

"이건 회(回)로군."

"이것도 알아보겠소?"

제갈기는 휘어들어 가던 검을 갑자기 직선으로 바꾸었다. 회에 이은 전(展) 초식이었다.

"제갈문이었다면 몰라도 자넨 아직 안 되지. 큭."

구징효는 여유롭게 웃으며 검 면을 향해 주먹을 튕겼다.

땅!

'윽.'

제갈기는 순간적으로 전해진 힘 때문에 검을 놓칠 뻔했으나 구징효가 보이는 이상 참아내야 했다.

"헛!"

막 검을 휘두르려던 제갈기의 동작이 멈췄다.

구징효의 신형이 시야에서 사라진 탓이다.

"그 정도면 훌륭하다. 이제 끝내자."

'뒤다!'

목소리를 듣자마자 제갈기의 검이 어깨를 지나 뒤쪽으로 곧장 뻗어갔다.

"안 된다니까."

쾅!

또다시 권과 검이 부딪치며 소리를 냈다.

역시나 물러선 쪽은 제갈기였다.

하지만 탄성은 구징효에게서 나왔다.

제갈기가 물러서며 자세를 잡고서 다음 공격에 대비했기 때문이다. 대단히 유연한 자세라 할 수 있었다.

"재미있군. 아직 기가 살았어."

구징효의 표정에 흥미가 가득 담겼다.

"아직 멀었소. 당신의 주먹쯤은 얼마든지 받아주지."

제갈기도 입심으론 지지 않았다.

스스스.

구징효가 몸을 펴자 조금 전보다 훨씬 강력한 기세가 사방으로 퍼졌다.

"제갈가주를 봐서 적당히 하려고 했… 응?!"

"……!"

구징효와 제갈기의 시선이 허공에서 마주쳤다.

두 사람이 동작을 멈춘 것은 스스로의 의지가 아니었다. 숲에서 다가오는 무시무시한 기운 때문에 저절로 그렇게 됐다.

의기유형(意氣有形).

누군가가 기를 유형화시켜 보낸 것이다.

구징효의 시선이 숲을 향했고 이어서 제갈기도 같은 방향을 쳐다봤다.

두 사람이 손을 거두자 장내에 정적이 찾아왔다.

낭인들과 낭인들을 포위한 제갈세가의 무사들은 일제히

긴장된 표정으로 시선을 돌렸다.

모든 이들의 시선이 닿은 곳.

한 명의 청년이 천천히 걸어오고 있었다.

너무나 평범한 걸음이라 구징효와 제갈기의 반응이 오히려 이상할 정도였다.

"용… 소협?"

황보소소는 깜짝 놀라 자신도 모르게 소리를 냈다.

걸어오는 청년은 용악이었다.

용악은 황보소소를 향해 가볍게 손을 흔들어주었다.

황보소소는 상황에 맞지 않지만 무심결에 손을 들어 마주 흔들었다. 양옆에서 그녀를 보호하고 있던 제갈세가의 무사 둘이 바닥에 쓰러진 것도 모른 채.

"괜찮아요, 황보 소저?"

용악은 사람들 사이를 거침없이 지나쳐 황보소소 앞에 섰다. 그리고는 다친 곳은 없는지 꼼꼼히 살폈다.

"…괘, 괜찮은 것 같아요. 용 소협, 혹시 오빠는……."

"가주님은 괜찮아요. 촌장님과 마을 사람들도 봤어요. 잠시 자리를 비우는 동안 이런 일이 있을 줄…… 미안해요."

"어쩜… 오빠가 무사하다니 다행이에요. 정말 다행이에요……."

황보소소의 눈에 눈물이 글썽거렸다.

용악이 마을에서 왔다는 사실을 안 것만으로도 황보소소

는 마음을 놓을 수 있었다.

"가죠. 가주님이 많이 걱정하고 계세요."

"가, 가자고요?"

황보소소의 겁먹은 눈이 장내를 향했다.

"저기 계신 분… 으음……."

황보소소는 제갈기를 소개하려다 갑자기 의식을 잃었다. 용악이 목 뒤쪽의 수혈을 짚은 까닭이다.

"무슨 짓이냐!"

제갈기가 용악의 갑작스런 행동에 화를 냈다.

그러나 용악은 제갈기의 반응 따위는 무시한 채 힘없이 쓰러진 황보소소를 한 손으로 받쳐 들었다. 바닥에 먼저 쓰러져 있던 무사의 겉옷을 벗겨 깔고 그 위에 황보소소를 눕혔다.

"모두 제자리에서 꼼짝 마."

낮고 조용한 목소리였다.

그러나 일어선 용악의 두 눈에는 살기가 가득했다.

등장할 때 일으켰던 의기유형이 다시 한 번 시전된 것이다.

다들 자리에 얼어붙어 꼼짝도 못했다.

第五章
혁련세가

천산마제

용악의 시선이 가장 먼저 닿은 사람은 금무창이었다.

"보니까 알겠네. 그 돼지의 아비군. 하녀가 내 말을 전하지 않았나?"

"하녀… 헉! 그렇다면 네, 네놈이 황보세가의 식객?"

"듣기는 한 모양이군. 맞다. 내가 그 식객이다."

"저, 저 찢어 죽일……."

금무창은 흥분해서 말도 제대로 하지 못했다.

"……."

무척 흥미로운 상황이었다.

지난 십 년 동안 용악이 머물던 곳에서는 결단코 일어날 수 없는 일이 벌어지고 있었다. 감히 용악에게 욕을 하고 있었다.

"구, 구 사부, 저놈입니다!"

금무창이 발작적으로 소리쳤다.

"아, 저 돼지. 나도 귀는 있어. 젊은이, 자네가 작은돼지를 반신불수로 만들었나?"

구징효는 귀를 후비며 물었다.

조금 전, 구징효의 손을 멈추게 만든 투기의 주인치고는 너무나 젊었다. 그 점이 구징효를 짜증나게 만들었다.

"무, 물어보나마나요! 어서 가서 놈을 죽이시오, 구 사부! 그놈만 죽이면 천금이라도 드리겠소! 어서!"

"시끄럽다고, 돼지야!"

구징효는 주위가 쩌렁쩌렁 울리도록 소리를 지르고는 눈을 부라렸다.

"구, 구 사부, 정녕 이럴 거요?"

"내가 뭘?"

"당신이 그렇게 나온다면 내게도 생각이 있소."

"생각? 돈 밝히고 여자 밝히는 돼지에게 무슨 생각이 있을까나? 구역질나게 하지 말고 입 닥쳐, 확 입을 꿰기 전에."

"흡!"

금무창은 급히 입을 닫았다. 마달의 입이 꿰뚫리던 장면이 떠오른 탓이다. 하지만 그 정도의 협박으로는 금무창의 입을 닿게 하긴 힘들었던 모양이다.

"마, 마음대로 할 수 있을 것 같은가, 구 사부?"

금무창은 기어코 말을 이었다.

구징효의 얼굴에 기가 막힌다는 표정이 떠올랐다.

확실히 금무창의 행동은 의외였다. 푸들푸들 살이나 흔드는 것이 전부인 자가 할 수 있는 행동이 아닌 까닭이다.

"큭. 꼴에 믿는 패가 있다? 하나, 패를 꺼내기 전에 죽여 버리면 끝이지."

구징효가 비아냥거리며 금무창에게 한 발을 막 내디뎠을 때다.

"전부 한패가 아니었나? 그래선 곤란한데……. 좋아, 기회를 주지. 황보 소저의 납치와 관련이 없다고 생각하는 자는 뒤로 물러서라."

"허!"

구징효는 기도 안 찬다는 듯 콧바람을 터뜨렸다.

그러거나 말거나 용악은 정말로 대답을 바라는 것처럼 주위를 돌아봤다.

"흠. 전부 관련이 있다 이건가? 그럼 전부 죽어야겠군. 분명히 말하는데 나는 기회를 줬다."

용악이 싸늘하게 웃었다.

순간, 또다시 장내에 정적이 흘렀다. 아니, 용악의 몸에서 흘러나온 기세 때문에 꼼짝을 하지 못했다. 의기유형은 절정고수 이상의 경지가 아니면 시전할 수 없었다.

'연속으로 의기유형을! 절정의 끝에 있는 건가? 아니면 허세?'

구징효는 용악의 의기유형을 어떻게 해석해야 할지 고민해야 했다.

뚝!

"어?"

용악과 가장 가까운 곳에 있던 제갈세가 무인이 엉겁결에 자신의 팔을 올렸다. 하나 그의 팔은 끝까지 올려지지 못했다. 이미 팔목이 'ㄱ' 자로 부러진 탓이다.

"끄아아!"

슥.

용악은 비명 소리를 지나쳤다.

지나쳤다 싶은 순간, 팔이 부러진 무인의 앞에 있던 낭인이 발을 움켜쥐고 쓰러졌고, 그다음엔 세 사람이 동시에 나뒹굴었다.

"처, 처라!"

누군가가 크게 소리쳤다.

용악의 움직임으로 인해 일어난 공포는 삽시간에 무사와 낭인들에게 퍼졌고, 곧장 실천으로 옮겨졌다.

'손인가?'

구징효의 표정이 심각해졌다.

용악의 움직임이 간헐적으로 그의 눈에 들어왔기 때문이
다.

"손을 전혀 쓰지 않은 것 같은데 어찌 저런……. 아! 그만
하시오! 제갈세가의 무인들은 소소의 납치와 무관하오! 다들
물러서!"

제갈기가 소리치며 용악에게 달려들었다.

"진즉 그렇게 했어야지."

용악은 다가오는 제갈기와 무인들을 바라보며 중얼거렸
다. 기회를 무시한 그들에게 더 이상의 선택은 없었다.

'십 년 전, 처음으로 기벽을 열었을 때가 생각나는구나. 은
자 한 닢 뺏겠다고…….'

소녀가 소년에게 은자 한 닢을 건네는 걸 본 사람들은 눈이
뒤집혔고, 곧장 소년에게 달려들었었다.

움직일 기력도 없던 소년은 '하지 마, 하지 마'를 연신 외
쳤으나 그런 말이 들릴 사람들이 아니었다. 소년의 힘을 끌어
낸 것은 오직 한 가지였다. 바로 소녀에게 진 빚을 갚기 전엔
죽을 수 없다는 생각.

족히 오십여 명은 넘을 인원이 소년의 위로 위로 덮쳐들었
고, 그토록 갈망하던 벽을 깰 수 있었다.

"악아, 모든 승부는 한 호흡에 결정난다. 피한다는 생각은 곧
패배. 생각이 많아지면 선택을 해야 하고, 기벽은 열리지 않는다.

찰나의 판단은 머리가 아닌 본능이 하도록 두어라.”

소년은 가장 먼저 달려든 사람의 손을 잡았을 뿐이다. 등을
받쳐 주는 흙더미가 이어서 덮쳐드는 사람들의 무게를 모두
받아주었다.
등을 받쳐 주는 흙더미.
벽(壁)의 의미는 의외로 가까운 곳에 있었다.

“한 호흡에 만 개의 벽을 만들 수 있느니라.”

소년은 처음으로 몸 안에 벽이 형성되는 걸 깨달았고, 형성
된 벽을 흙더미에 보내 사람들의 무게를 감당할 수 있었다.
흙더미가 밀어낸, 분명 소년의 의지와 별개의 힘이니 밀어
낸 것이라 해야 옳았다. 흙더미에서 몸으로 전해진 힘을 손으
로 보냈고, 사람들을 모두 튕겨낼 수 있었다.
일흡 기벽(起壁).
만 개의 벽을 만들어야 하는 소년에게 첫 번째 한계를 넘게
해주었다.
모두 소녀의 은자 한 닢 때문에 이루어진 성과였다.

용악은 무기와 권장을 들이대며 달려드는 무인 중 한 명의
손을 엄지와 검지로 잡았다.

　용악에게 무기를 잡힌 무인은 그 순간 행동 의지를 잃었고, 이어서 공격하는 자들 역시 마찬가지의 상태가 되어갔다.

　"헉!"

　"무, 무슨……."

　공통된 신음과 놀라움이 연속적으로 터졌다. 이내 용악은 오십여 명의 무인과 낭인들에 의해 완전히 묻히고 말았다.

　"킁. 뭐냐, 저놈?"

　구징효는 황당한 표정이 되어 용악이 묻힌 곳을 바라봤다. 처음 보여주던 모습과는 달리 제대로 공격 한번 못하고 묻힌 것이다.

　제갈기는 무인들과 낭인들에 가려 용악을 공격하지 못하고 몸을 뒤집어 뒤쪽으로 물러섰다.

　땅에 내려선 제갈기의 표정은 구징효와 큰 차이가 없었다. 하지만 두 사람의 황당함은 오래가지 못했다.

　펙.

　용악이 사라진 중앙부에서 작은 음향이 터졌다.

　그리고 서서히 용악을 감쌌던 자들이 조금씩 밀려나기 시작했다.

　"어?"

　뒤로 팅겨진 낭인 중 한 명이 자신의 가슴을 내려다보며 의아한 소리를 냈다.

　그의 가슴.

갈비뼈가 있어야 할 곳이 함몰되어 있었다.

"끄아아아악!"

그의 비명을 신호로 섬뜩한 음향이 연속으로 터지기 시작했다.

뿌바바바박—!

타— 우웅—!

"헉!"

"헛!"

구징효와 제갈기의 입에서 동시에 헛바람 삼키는 소리가 났다.

"역시 약하군. 어쨌든 경고를 무시한 벌이다."

용악은 자신의 손을 내려다보며 뭔가 만족스럽지 못한 표정을 지었다. 그때까지 용악은 서 있던 곳에서 조금도 움직이지 않았다.

사방으로 흩어진 무인들과 낭인들은 땅에 떨어진 뒤 일어나지 못했다, 마치 몰살이라도 당한 것처럼.

"겨우 한 번의 공격으로……."

제갈기는 망연자실한 표정이 되어 사시나무 떨 듯이 떨었다.

"큭. 무슨 무공이냐? 그런 식의 권은 들어본 적도 없다. 아무리 허접한 놈들이었다고 해도 오십 명이다. 그 인원을 한 번에 내칠 수 있는 무공이라……."

구징효도 감탄한 표정을 감추지 않았다.

"일흡 기벽."

용악이 짧게 대답했다.

"일흡 기벽? 한 호흡에 벽을 세운다?"

"멋지지 않나?"

용악은 자연스럽게 하대를 하며 구징효를 향해 손가락을 까딱거렸다.

"오라? 큭. 좋지."

구징효는 용악의 하대 따윈 아무래도 좋다는 듯 입가에 미소를 지으며 그대로 몸을 퉁겼다.

타— 홍—!

이미 준비하고 있던 터라 구징효의 동작은 빨랐다.

움직였나 싶은 순간 권풍이 먼저 용악의 얼굴을 향해 짓쳐들었다.

용악은 왼손을 가볍게 들어 권풍을 막았다.

쾅!

"허!"

구징효는 연속해서 공격을 하려다 권풍이 너무 쉽게 막히는 바람에 잠시 멈칫했다. 하나 그 잠깐의 시간이 승패에 얼마나 중요한 역할을 하는지 잘 아는 구징효였다. 그대로 몸을 빼며 권을 연속으로 뻗었다.

"큽!"

사자의 이빨처럼 날카로운 권풍이 용악을 사정없이 물었으나 용악의 신형이 거짓말처럼 자리에서 사라졌다.

쾌쾌쾌!

땅을 때리는 권풍.

구징효의 얼굴이 일그러졌다.

자세를 잡기도 전에 용악을 찾았다.

"이런 다람쥐 같은……!"

말을 끝까지 잇지 못했다.

용악이 어느새 제갈기에게 걸어가고 있었기 때문이다. 황당하게도 구징효와 싸우는 와중에 한눈을 팔고 있는 것이다.

그러나 제갈세가 무인들의 복수를 준비하고 있던 제갈기로서는 기다리던 순간이었다.

"제갈세가를 건드리고 무사할 줄 알았느냐! 목숨을 내놓아라!"

츠르릇─ 츠─ 츠─ 츠!

허공을 수놓은 수많은 검기.

제갈기의 손에서 나온 푸른 검기가 삽시간에 용악을 감쌌다. 구징효를 상대하던 대천성검법보다 훨씬 날카로운 검기였다.

힐끔.

용악은 자신을 덮어오는 검기 망을 보지 않고 뒤쫓아오는 구징효를 돌아봤다. 왔느냐는 눈빛이었다.

'기다리고 있었다고?'

구징효는 순간 가슴이 서늘해지는 느낌을 받았다.

이 느낌이 옳다면 용악은 그의 생각을 벗어난 고수인 것이다.

츠르르— 츠— 츠!

콰우우우—!

검기와 권풍이 그대로 용악의 몸에 작렬했다. 아니, 그렇게 여길 정도로 가까이 다가갔다.

그러나 폭음은 없었다.

용악의 양손에 구징효의 주먹과 제갈기의 검이 막혀 버린 탓이다.

"……!"

"……!"

구징효와 제갈기의 얼굴에 낭패한 빛이 역력해졌다.

"이 정도는 괜찮은 모양이군."

용악의 목소리는 두 사람을 향한 것이 아니었다.

두 사람의 손과 무기를 잡고 있는 스스로의 손을 보며 한 말이었다.

"이이… 이런 빌어먹을 자식!"

"건방지다!"

구징효와 제갈기가 동시에 외치며 더욱 힘을 가하려 할 때, 두 사람은 다시 한 번 중심을 잡아야 했다.

"헛!"

"……!"

두 사람이 놀라도 용악은 그 자리에서 움직이지 않았다. 구징효의 힘으로 제갈기를, 제갈기의 힘으로 구징효를 막아낸 것뿐이기 때문이다.

"대단하다. 그 나이에 이 정도의 성취를 이룰 수 있다니! 큭. 지금부턴 전력을 다하도록 하마."

구징효는 이마에 흐르는 땀방울을 소매로 훔치며 호탕하게 소리쳤다. 한껏 달아오른 상태가 된 것이다.

"당신이 자초한 일이오."

제갈기는 이를 악물었다.

구징효와 협공을 한 것에 대한 합리화였다.

제갈세가의 식솔들을 죽인 살인마에게 지켜줄 도리 따위는 존재하지 않는 것이다.

합리화가 아니라 그보다 더한 것이라도 이 순간만큼은 할 수 있었다.

"…잽싸군."

구징효와 제갈기의 약을 바짝 올려놓은 용악이 갑자기 뒤를 돌아보며 인상을 썼다.

두 사람이 용악의 갑작스런 반응에 벌레 씹은 표정을 지은 것은 당연했다.

"큭. 재, 잽싸다? 크하! 그 말, 내게 한 말이냐, 시건방진 젊은 놈아?"

"비웃는 것도 정도껏 하라!"

두 사람이 동시에 격하게 소리쳤다.

그러나 용악은 두 사람에게 더 이상 투지를 일으키지 않았다.

"그만두시오. 황보 소저를 납치한 자가 누군지 알았으니."

"그게 무슨 소린가, 젊은이?"

"늙은돼지가 사라졌다는 뜻이오."

용악이 금무창이 있던 곳을 돌아봤다.

구정효와 제갈기 역시 그 시선을 따라갔고, 곧바로 놀란 표정이 됐다.

제갈세가 무인들과 낭인들이 떼로 덤빌 때도 자리에 가만히 있던 금무창이 감쪽같이 사라진 것이다.

"그 큰 덩치가 기척도 없이… 가만, 돼지가 무공을 알고 있었다는 건가?"

구정효가 인상을 쓰며 중얼거렸다.

"후후후. 난 돼지를 잡으러 가야겠다."

"큭. 어이, 젊은이. 그걸 말이라고 지껄인 건 아니지? 시작은 네 마음대로 했을지 몰라도 끝은 내 허락을 받아야 해."

구정효가 조금 전보다 격하게 투기를 일으키며 용악을 노려봤다.

"황보 소저를 세가로 데려가라."

“가, 가라?”

“…….”

“…도망가지 않는다면.”

제갈기는 말을 하고 나서 스스로에게 깜짝 놀랐다.

‘도망가려는 거냐!’ 라고 해야 하는데 엉뚱한 말을 하고 만 까닭이다.

‘내, 내가 겁을 먹은 건가?’

인정하고 싶지 않지만 결과는 분명 그랬다.

“이리 안 와? 어딜 도망가는 게냐!”

구징효가 갑자기 길길이 날뛰며 숲으로 뛰어들어 갔다. 제갈기의 대답이 끝남과 동시에 용악의 신형이 순식간에 사라졌기 때문이다.

잠시 후, 구징효는 씩씩대며 돌아왔다.

“젊은이, 가세. 기다리면 오겠지.”

“…….”

“이봐.”

“…….”

구징효가 말을 시키는데도 제갈기는 움직일 생각을 하지 않았다.

용악의 무공과 상대를 압도하는 태도.

구징효 못지않게 제갈기는 자존심에 큰 상처를 받고 말았다.

금무창은 주위 경물이 엄청난 속도로 지나가는 것을 보며 구토를 참느라 안간힘을 다했다. 그를 태운 가마꾼들의 신법은 상상을 초월할 정도로 빨랐다.

"우엑! 네 분, 왜 그놈을 죽이지 않는 겁니까?"

금무창이 입을 막으며 억울한 목소리로 입을 열었다.

"멍청한! 마음 같아선 너를 그곳에 버려두고 싶었으나 가주님께서 당부하신 일이 있어 데려가는 것이다. 입 다물어라."

앞쪽 우측 가마꾼은 달리면서 못마땅한 시선으로 금무창을 노려봤다.

'하마터면 들킬 뻔했다. 마지막에 나타난 젊은 놈의 정체가 궁금하지만 무쌍권 모르게 빠져나오려면 그때밖에 기회가 없었다. 아무래도 찜찜해. 가주님께 뭐라고 말씀드려야 할지…… 모든 것이 완벽했는데.'

"무쌍권이 우리를 봤을까요, 최 무장님?"

앞쪽 좌측에 있던 자가 물었다.

"성 무장, 우린 가주님의 명령을 받들 뿐이다. 다른 건 신경 쓰지 않는다."

"…예."

"네 분, 혁련 가주께 이 일을 알려야 하지 않습니까?"

금무창이 눈치없이 또다시 입을 열었다.

가마꾼 네 사람이 제자리에 거짓말처럼 멈췄다.

"지금 뭐라고 했느냐?"

"예? 그, 그게… 아무 말도 하지 않았습니다."

"가주님께선 네가 요구한 모든 것을 들어주셨다. 한데 너는 아직도 황보세가를 없애지 못했다. 제갈기가 황보성에게 준 청죽목을 녹고삼으로 바꿔치기까지 해줬건만. 아비나 자식이나 황보소소란 계집에 눈이 멀어서는……. 어떻게 겨우 계집 하나를 어쩌지 못해 일을 이 지경으로 만들어! 더구나 불경하게 가주님까지 입에 담고!"

"최, 최 무장 나으리, 그게 아니란 걸 잘 아시잖습니까? 그놈, 마지막에 나타난 그놈만 아니었으면 충분히……."

"닥쳐! 앞으로 한 번만 더 주둥일 놀리면 네 뱃속에 든 것들을 꺼내 들개 밥으로 주겠다."

"흡."

금무창은 급히 입을 닫았다. 경험으로 최 무장이란 사내는 정말로 그럴 수 있는 자이기 때문이다. 묻고 싶은 말이 아직 남았으나 참아야 했다.

가마가 다시 움직이려 할 때였다.

"어딜 그리 급히 가시나?"

"……!"

최 무장의 동작이 그대로 굳었다.

기척도 없이 오 장 안으로 들어왔다.

"네, 네놈은!"

금무창이 손으로 용악을 가리키는 동안 네 명의 가마꾼은 어깨의 끈을 풀며 싸울 자세를 취했다.

그들은 숨겼던 안광을 드러냈다.

우드득—

뼈마디 맞춰지는 소리와 함께 그들의 체격이 한 뼘씩은 커졌다. 그리고 뒤쪽의 둘은 가마 아래를 지탱하고 있던 봉을 꺼냈고, 최 무장은 검을, 성 무장은 맨손을 들어 올렸다.

"잘도 쫓아왔구나."

최 무장은 살기를 감추지 않았다.

"잘 쫓을 것도 없었다, 너무 느려서 말이지. 후후."

용악의 차가운 조소가 최 무장의 신경을 건드렸다.

"쳐라!"

휙휙—

봉을 든 두 사람이 먼저 허공으로 솟구쳤다.

촹!

용악을 찔러가던 봉 앞쪽이 갈라지며 입을 벌렸다.

겉은 봉이었으나 안에 낫을 숨긴, 개조된 장겸이었던 모양이다.

팍!

나무에 꽂히는 음향.

용악이 기대고 있던 나무에 낫이 박혔다.

목표를 잃은 낫은 순순히 나무에서 빠져나오며 주인의 손으로 되돌아갔다.

"혼자 온 모양이군. 무쌍권과 제갈세가의 어린놈은 어디 있느냐?"

"혼자인지 알아보려고 시험한 거냐?"

"쫓아온 건 가상하나, 넷째의 공격을 겨우 피할 정도의 실력으론 우릴 상대하기 힘들 것이다."

검을 든 최 무장이 입가에 조소를 머금었다.

낫이 나무에 박히기 전에 가까스로 피하던 용악을 본 까닭이다.

"후후후. 이로써 죄가 하나 더 늘었다. 건드려선 안 될 사람을 건드린 것과 감히 나를 시험한 것."

용악은 말을 마치자마자 곧장 네 사람을 향해 움직였다. 준비하고 있던 최 무장은 눈짓으로 공격 지시를 내렸고, 봉이 또다시 허공을 갈랐다.

쉬악—

봉끝을 쏟아내는 방향이나 힘이 다를지 모르나 용악에게 이미 한 번 보인 수법이었다.

용악은 머리를 향해 내리꽂히는 낫을 가볍게 피하고 손을 내밀어 봉을 잡았다.

"흥!"

넷째라 불린 사내가 코웃음 치며 악력을 최대로 올려 봉을 잡아챘다.

콰창!

"헉!"

넷째라 불린 사내가 기겁을 했다.

봉을 잡아채는 순간 낫이 산산조각 나며 흩어져 버렸기 때문이다.

최 무장의 시선이 빠르게 주위를 훑었다.

용악을 찾았으나 보이지 않았다.

"정비해라, 넷째야. 넷째야? 헉!"

갑자기 최 무장의 입에서 헛바람 삼키는 소리가 터졌다.

넷째의 얼굴이 반대쪽으로 돌아가 있었다. 몸은 최 무장을 향해 있지만 몸이 돌아가 있었다.

'어, 언제?

소름이 전신으로 퍼졌다. 보도 듣도 못한 수법에 넷째를 잃은 최 무장은 넷째를 바닥에 눕히고는 살기 어린 눈으로 일어났다.

"그 짧은 사이에 넷째를 잘도……. 이 정도의 위력을 발휘하는 수법이라면 소림의 백보신권인가?'

대답을 바라고 던진 질문은 아니었으나 용악은 친절하게도 모습을 드러내 주었다.

"그냥 내키는 대로 손을 썼을 뿐이다."

'내키는 대로?

용악을 향해 돌아선 최 무장의 얼굴에 경악이 가득했다. 그

냥 해본 말이었다. 백보신권은 아닐지 몰라도 유명한 수법이
라 판단한 까닭이다.

그러나 어이없게도 들려온 대답은 '내키는 대로' 라고 했
다. 일류고수를 넘어선 넷째를 그저 내키는 대로 죽였다는 뜻
이 되기 때문이다.

"초식을 사용하는 단계를 넘어섰다는 건가? 그 나이에? 합
공한다. 모두!"

뚜득― 뚜드득.

최무장이 턱 관절을 풀며 명령을 내렸다.

그러자 용악이 손을 좌우로 흔들며 만류했다.

"전부 덤비는 건 곤란해. 다 죽어버리면 내가 듣고 싶은 말
을 해줄 사람이 없잖아? 질문부터 하자. 왜 황보 소저를 납치
하려고 했고, 누구의 명령이지? 아는 사람은 특별히 살려주도
록 하지."

아무도 손을 드는 자는 없었다.

"그럼… 다 죽여야겠군."

용악이 세 사람을 향해 천천히 걸었다.

최 무장은 용악의 거침없는 걸음에 속으로 쾌재를 불렀다.
한 걸음 뒤로 물러서며 검에 손을 댔다. 수면 위로 떠오른 물
고기를 순간적으로 스물네 조각 낼 수 있는 쾌검이 그의 무공
이었다.

쉭.

빛과 함께 검이 분신을 만들며 용악을 짓쳐 들어갔다.

'최 무장님의 쾌검은 한 번 펼쳐지면 못 막는다. 쾌검이 펼쳐지기 전이라면 몰라도…….'

최 무장의 옆에 있던 성 무장이 용악의 무모함을 조롱하며 생각했다.

탁.

"이, 이럴 수가!"

성 무장의 목소리가 부릅떠진 눈만큼이나 크게 터져 나왔다. 분신이 만들어지던 최 무장의 검이 빛을 잃으며 멈춘 것이다.

"언제… 분명 저기에 서 있었는데……."

최 무장은 방어할 생각도 못하고 자신의 검신을 손가락 두 개로 잡은 용악을 쳐다봤다.

꽈득!

"컥!"

최 무장의 입에서 신음이 터졌다.

"말해줄 사람?"

용악은 최 무장의 어깨를 탈골시키고는 나머지 둘을 돌아봤다. 대답은 없었다.

팍!

최무장의 팔에서 짧고 간결한 소리가 났다.

"끄아아아악!"

비명과 함께 최 무장은 급히 허리를 숙이고 다리를 부여잡았다. 용악이 팔과 다리를 동시에 비틀어 버린 것이다.

"멈춰라!"

"죽어!"

나머지 두 무장이 동시에 덤벼들었다.

바닥에 쓰러진 최 무장은 무의미한 공격이라고 말해주고 싶었다.

'놈의 손에 검이 잡히는 순간 모든 힘이 빠져나가는 것을 느꼈다. 저자의 손에 잡히면 안 돼!'

목소리를 통해 나오지 않은 생각은 거기서 끝이 났다. 최 무장의 몸은 이승을 떠나고 말았다.

콰쾅!

연속해서 터진 폭음.

용악의 주먹이 성 무장의 가슴을 때렸고, 이어서 다른 무장의 머리를 그대로 발로 차버렸다.

용악과 닿는 순간, 두 무장은 머릿속이 멍해지고 말았다. 자신들의 의지와는 무관하게 진기가 급격히 흐트러지며 무기력해졌기 때문이다.

두 사람을 지나친 용악의 눈빛은 차가웠다.

"생각해 보니 질문할 사람이 한 명 더 있었어. 돼지, 질문에 대답할 준비가 됐느냐?"

용악은 금무창을 돌아보며 웃기까지 했다.

“…….”

식은땀이 금무창의 등줄기를 타고 흘러내렸다.

일류고수 셋과 그들보다 뛰어나다는 최 무장이 당하는 데 걸린 시간은 불과 일각도 걸리지 않았다.

“안 됐으면 저들처럼 해주고…….”

“히악!”

어느새 금무창에게 다가온 용악이 손을 들어 올리며 웃었다. 담담하게 웃고 있지만 그 모습이 얼마나 공포스러운지 용악 자신은 모를 것이다.

‘최 무장이 주의할 자는 무쌍권밖에 없다고 했는데… 이건 뭐냐? 왜 이런 괴물 같은 놈이 나타난 거냐?

우드득— 뿌각—!

이미 죽은 자들의 몸에서 다시 한 번 뼈마디 뒤틀리는 소리가 들려왔다.

“돼, 됐습니다. 뭐든 물어보십시오, 대협!”

“저들에게 사용했던 수법은 일흡 나선투(螺線透)라고 한다. 무척 고통스럽지.”

“으으으…….”

이미 안색이 창백하게 변한 금무창은 입으로는 신음을, 아래쪽에서는 몸에서 쏟아낼 수 있는 것들을 전부 흘려내고 있었다.

“누구냐?”

“으으으……”

“말하기 싫다면.”

“무, 무슨… 합니다! 말합니다! 혁련세가입니다, 대협! 저는 그저 시키는 대로 했을 뿐입니다.”

“녹고삼도?”

“힉!”

금무창의 눈이 귀신이라도 본 것처럼 뒤집혔다.

황보성이 먹는 약의 주성분이 녹고삼이란 것을 아는 사람은 혁련세가의 인물들과 금무창뿐이었기 때문이다.

“그렇게 된 거로군.”

“저, 전… 혁련세가에서 시키는 대로 했을 뿐입니다. 살려 주십시오!”

금무창이 기겁을 하며 바둥댔다. 그에 따라 살이 일제히 요동치며 역한 냄새를 퍼뜨렸다.

“냄새 하곤. 돼지, 다른 건 넘어갈 수 있는데, 황보 소저를 납치한 건 용서가 안 되겠다.”

“제, 제 뜻이 아니라 혁련세가에서 그렇게 하면 천금장을 천하제일전장보다 더 크게 만들어준다고……. 대, 대협, 저는 진짜로 황보소소를 어찌하려고 한 것이 아닙니다. 적당히 괴롭히다가 황보성을 죽이려고 했을 뿐입니다.”

“가주님을?”

“혁련세가에서 그것을 원했습니다.”

“가주님의 죽음을 혁련세가가 원했다고?”

“자연사로 처리해야 한다고, 괴롭히기만 하면 된다
고…….”

‘자연사? 굳이 왜?’

“제, 제가 아는 건 거기까지입니다. 사, 살려주십시오.”

금무창의 애원하는 모습을 용악은 잠시 바라보기만 했다.

“돼지, 너는 황보 소저를 납치하면 안 됐어. 그래 놓고 살
아나길 바란다? 안 되는 일이지.”

용악의 손이 금무창의 어깨를 두어 번 다독였다.

그 손길.

금무창이 지금까지 느꼈던 그 어떤 공포와도 비교할 수 없
는 잔인함이 전신으로 퍼졌다.

퍽!

피와 함께 사방으로 퍼지는 덩어리들.

황보세가를, 아니, 황보소소를 괴롭힌 대가였다.

용악은 아주 자연스럽게 자리를 벗어나 황보세가로 향했
다.

＊　　　＊　　　＊

금무창이 끌고 온 무리로 인해 마을은 엉망이 되었다.

다친 사람들을 치료하느라 아낙들은 분주히 움직이고 있

었고, 그나마 멀쩡한 남자들은 망가진 곳들을 고쳤다.

그들 중 한 사람만이 아무것도 못하고 지시만 내리고 있었다. 대건의 부축을 받고 움직이는 황보성이었다.

"성, 잘 지냈나?"

제갈기의 목소리는 작았다.

못 본 사이에 황보성은 많이 말라 보였다.

마음이 안 좋아 힘껏 반가움을 드러내지도 못했다.

"기, 이 친구야!"

안 좋아 보이는 황보성이 오히려 큰 소리로 제갈기를 반겼다. 이때까지만 해도 황보성은 제갈기와 황보소소가 만난 것을 전혀 몰랐다.

"몸은 어때?"

"괜찮아. 마을이 엉망이지? 안 좋을… 당신은……?"

황보성은 마을이 엉망이 된 이유를 설명하려다 낯익은 구징효의 얼굴을 보고 깜짝 놀랐다.

"가주, 기억력이 좋구려. 다 봐서 알겠지만, 나는 가주가 생각하는 그런 사람은 아니오."

구징효는 심각한 얼굴로 고개를 가로저었다.

당연히 황보성의 시선이 제갈기를 향했다.

어떻게 구징효와 함께 있느냐는 눈이었다.

이때, 제갈기의 설명을 기다리는 황보성의 귀로 촌장의 고함 소리가 들렸다.

“야, 이놈아!”

멀리서 촌장이 구징효를 알아보고 삽자루를 꼬나 쥔 채 냅다 달려들고 있었다.

그러나 구징효가 촌장의 힘없는 공격에 맞을 리 없었다. 촌장의 삽을 슬쩍 피한 후 옆으로 밀쳤다. 노인이기에 그 정도로 그친 것이다.

“노인장, 무기는 내려놓고 대화로 합시다.”

“대화는 개뿔! 눈이 있으면 봐! 네놈이 끌고 온 놈들이 한 짓을 보라고! 이 숭악한 놈이 어디서 그따위 소릴 지껄이는 게야!”

“내가 한 일이 아니잖소, 노인장.”

“아니라고?”

“아니오.”

“에라이! 일단 맞고 시작하자, 이놈!”

촌장은 온 힘을 다해 삽을 휘둘렀다.

구징효가 피하면 다시 달려들었다.

“진짜 이럴 거요?”

“당연하지! 네놈의 부하에게 맞은… 응? 조금 전에 기 도련님과 같이 있던 자가 그럼……?”

촌장은 그제야 제갈기가 구징효와 함께 마을 입구로 들어선 것을 기억해 내고 손을 멈췄다.

“하하하! 총관이 아니라 이젠 촌장님이라고 불러야 하네요. 여전하세요.”

제갈기는 촌장을, 과거에는 황보세가의 내관을 총괄했던 내총관에게 멋쩍은 인사를 건넸다.

“헐헐. 제가 어딜 가겠습니까? 그나저나 기 도련님은 헌앙하십니다그려. 허허허.”

촌장은 이런 말을 죽을 때까지 하지 않을 줄 알았다.

마음이 아팠다. 제갈기의 바로 앞에 황보성이 있기에 더욱 마음이 아팠다.

“기, 일단 안으로 드세.”

황보성은 촌장의 눈빛을 읽고선 쓴웃음과 함께 안채가 있는 쪽으로 돌아섰다.

“아니. 그전에 기다릴 사람이 있네.”

“기다릴 사람?”

“황보세가의 식객이라더군.”

“용 소협? 자네 용 소협을 봤나?”

“용 소협이라고 부르는 모양이군. 곧 돌아올 테니 기다려 보세. 자네, 대단한 사람을 식객으로 뒀더군.”

“대단한 사람?”

황보성이 어안이 벙벙한 표정으로 제갈기를 바라봤다. 마치 아무것도 모른다는 듯이 보일 정도였다.

“성… 용 소협이란 사람에 대해 전혀 모르는 것처럼 말을 하면… 소소를 구하러 보낼 정도면 이미……”

“소, 소소를 용 소협이 구했다고?”

‘뭐지? 성, 이 친구의 태도는?’

제갈기의 의문은 당연했다.

“그것이… 용 소협은 식객이 된 지 며칠 되지 않아서…….”

황보성은 스스로 말하고 나서 멋쩍은 표정을 지었다.

그 모습에 제갈기의 표정이 굳었다.

“섭섭하군. 사정이 있다면 이해 못할 내가 아니잖은가? 아무것도 모르는 사람을 식객으로 받았다? 후후후.”

“기, 사실이네.”

“성!”

“용 소협은 며칠 전에 불쑥 찾아와 아버님께서 베푸신 은혜를 갚겠다며 식객을 자처했네. 거절을 해도 고집을 꺾지 않아 허락할 수밖에…….”

“이유도 없이 황보세가의 식객이 되겠다고 했다고?”

제갈기의 반문에 황보성은 할 말이 없었다.

황보성에겐 이유가 되는 것이 제갈기에겐 이유가 되지 않는 모양이다.

“기, 자네가 보기엔 이상했나? 나와 소소만 남은 황보세가에… 식객이 되려면 특별한 이유가 필요하겠지.”

황보성이 씁쓸하게 웃었다.

“성, 내 말은 그런 뜻이 아니잖은가? 그저…….”

“괜찮네. 사실이니까.”

어색함이 잠시 두 사람 사이를 흘렀다.

두 사람의 대화에 귀를 기울이고 있던 구징효로선 듣기 힘든 상황이 아닐 수 없었다.

"제길, 쫓아갔어야 하나. 큼."

구징효가 퉁명스럽게 입을 열었다.

자연스럽게 황보성과 제갈기의 시선이 돌려졌고, 구징효는 왜 그러느냐는 눈으로 어깨를 으쓱하고 말았다.

그때, 촌장이 마을 입구를 가리키며 소리쳤다.

"어디 갔다 이제야 와!"

촌장이 달려나가며 용악을 때릴 것처럼 화를 냈다.

"좀 늦었어요."

"그러니까 왜 늦었냐고!"

"일단 가주님부터 보고요."

용악은 촌장을 피해 빠르게 황보성 앞까지 다가와 주위를 둘러보며 입을 열었다.

"가주님, 황보 소저는……."

"괜찮습니다, 용 소협. 기, 이 친구가 방에 눕혔어요. 많이 놀라 기절을 했다고 하더군요."

"제가 한번 보고……."

"어림없는 소리! 아가씨를 네놈에게 보여줄 성싶으냐? 종일 놀다가 와서는 어디서 그런 소릴 하고 있어!"

촌장은 용악에게 단단히 화가 났는지 앞을 가로막고 비켜

줄 기세가 아니었다. 촌장의 기세 때문에 어쩔 수 없이 돌아
서려 할 때였다.

“이보게, 왔나? 돼지는?”

구징효는 이 순간만을 기다렸다는 듯이 기세를 드러내며
당장에라도 싸울 준비가 되어 있다는 표시를 해왔다.

그런 구징효를 돌아보는 용악의 표정이 묘했다.

대답하기 귀찮아하는 건지 말을 하기 싫은 건지 감이 안 잡
히는 표정이었다.

끝내 반응을 보이지 않았다.

“가주님, 늦었습니다.”

“그런 말씀 마세요. 소소를 구해주셨다는 말을 기에게 들
었습니다.”

“…죄송합니다.”

용악은 진심이었다.

모든 일이 자신 때문에 벌어진 것 같아 더욱 미안해했다.

“다 제 불찰인 걸요. 용 소협, 감사드립니다.”

“…….”

“제가 못…….”

“일단 안으로 드시죠. 드릴 말씀이 있습니다.”

황보성이 ‘제가 못나서 그렇다’는 말을 할까 봐 일부러 말
을 자른 것이다.

“크험. 들어가긴 어딜 들어간다는 거지? 아직 우리 사이의

일이 매듭지어지지 않은 것 같은데 말이야. 기다리라고 해서 기다렸네, 젊은이.”

구징효는 입 안 가득 질긴 칡뿌리라도 씹고 있는 사람처럼 억센 발음으로 말을 뱉었다.

용악의 시선이 다시 구징효에게 돌아갔다.

이번에도 애매모호한 표정을 지었다.

“일? 내가 당신과 매듭지어야 할 일이 있었던가?”

용악은 고개까지 갸웃거리며 물었다.

황보소소의 납치와 상관없는 사람이라 여기고 살려준 것뿐이다. 그런 자가 자꾸만 끼어들어 따지는 것이 이해가 가지 않는 것이다.

‘뭐, 뭐냐, 저 표정은?

구징효의 자존심이 또 한 번 상하고 말았다.

“싸우다 말고 도망쳐 놓고 매듭지을 일이 없다는 건 무슨 싸가지냐!”

구징효는 최대한 억눌러 말을 하다 기어코 화를 터뜨리고 말았다. 그래야 했다. 용악의 시선이 또다시 황보성에게로 옮겨지려 했기 때문이다.

“용 소협, 무슨 일입니까? 이분이 기와 함께 오셔서… 제가 오해를 한 거라 생각했는데…….”

“제갈기요. 성과는 오랜 지기지요.”

정중한 자기소개였다.

제갈기는 애써 용악에게 예의를 지켰다.

“그랬군.”

“……!”

제갈기의 표정이 와락 일그러졌다.

벌겋게 달아오르는 얼굴을 억지웃음으로 가리려 했으나 그것이 쉽지 않았다.

“혁련세가였다.”

“……?”

황당한 말에 제갈기는 화를 내는 것도 잊었다.

뜬금없이 혁련세가?

“그… 혁련세가가 뭘 어쨌다는 거요?”

“황보 소저를 납치한 자는 돼지가 맞다. 뒤에서 조종한 자가 따로 있는데… 혁련세가였다는 말이다. 청죽목을 녹고삼으로 바꿔치기 한 것도 그들 소행이고.”

“녹고삼?”

“독초다.”

“독초? 그 돼지 같은 자가 그렇게 말했소?”

용악은 대답 대신 고개를 끄덕였다.

“뭐라고 했는지 자세히 말해주시오.”

“지금 한 말 그대로다.”

“증거가 있소?”

“증거?”

“용 소협의 말이 사실이란 것을 무엇으로 증명할 것이오?”

“우습군. 가주님의 몸 상태를 보고도 모르겠나?”

“성은 오래전부터 몸이 약했소.”

“녹고삼을 먹기 전에는 다른 짓을 했겠지.”

용악은 제갈기의 표정이 급격하게 변하는 것을 봤지만 신경 쓰지 않았다.

“저… 용 소협, 혁련세가의 소행이라고 말한 사람이 거짓말을 했을 수도 있잖습니까?”

격해진 분위기를 가라앉히기 위해 황보성이 나섰다.

“가주님, 그들은 거짓말을 하지 않았습니다.”

“그들? 지금 그들이라고 했소?”

제갈기의 눈에서 기광이 번뜩였다.

“그랬지. 그들. 돼지를 보호하던 자들에게 직접 들었다.”

‘보호하던 자들? 왜 나는 그런 자들을 못 봤지?

제갈기는 용악의 눈을 뚫어져라 응시했다.

의심하는 눈초리였다.

“용 소협, 혁련세가의 무인들이 그곳에 있었단 말인가요? 그들이 왜……”

황보세가와 혁련세가는 교류가 거의 없었다. 그런 곳에서 왜 황보세가를 노렸는지 황보성은 도저히 이해가 되질 않았다.

“돼지의 가마꾼으로 위장하고 있었습니다.”

“……!”

용악의 말이 끝나는 순간 제갈기는 소태 씹은 표정이 되고 말았다.

‘사실이란 말인가? 어째서 혁련세가가…….’

더 이상 의심을 하는 건 무의미했다.

제갈기는 굳어진 얼굴을 풀지 않았다.

“큼. 어쩐지 땀 한 방울 흘리지 않더만.”

구징효는 혼잣말을 하며 심각한 얼굴의 제갈기를 돌아봤다. 그것을 느꼈는지 제갈기도 고개를 들었다. 두 사람의 시선이 마주치자 구징효의 입가에 미소가 그려졌다.

“……?”

“나도 겨우 알아챌 정도였으니 마음 상해하지 말게.”

측은함이 담긴 구지효의 표정을 못 읽을 제갈기가 아니었다.

“그 표정은 뭐요?”

제갈기로선 당연한 질문이었다.

“크큭. 알잖은가, 내가 왜 그런 말을 하는지. 크험.”

“내가 뭘 안다는 말이오?”

“사람도. 굳이 내 입으로 말해야 되겠는가? 젊은이는 그 가마꾼들에 대해 전혀 눈치를 못 챘잖은가? 나는 놈들이 땀 한 방울 흘리지 않은 걸 봤네.”

“……”

“…자네는 아직 젊으니 실망할 필요 없네.”

“그걸 지금 말이라고!”

“안다잖은가, 자네 심정. 하나 인정할 건 인정해야지. 그렇지 않으면 발전은 없는 걸세.”

구정효는 고개까지 끄덕이며 제갈기를 끝까지 약 올렸다. 물론 일부러 그렇게 하려고 한 것은 아니었다.

급기야 제갈기의 눈썹이 역팔자로 휘어지자 구정효의 시선이 슬쩍 다른 곳으로 돌아갔다.

“으아!”

제갈기가 더 이상 참지 못하고 고함을 지르며 구정효를 향해 손을 휘둘렀다. 하지만 그런 주먹을 맞아줄 구정효가 아니었다.

제갈기가 다가오기도 전에 몸을 돌려 피했다.

“잘 생각하게, 젊은이. 지금 내게 도전하는 건가?”

“도전은 무슨! 잘나신 그 눈이 얼마나 좋은지 확인이나 해보려는 것이다!”

제갈기는 급기야 이성을 잃고 말았다.

막 두 사람의 주먹과 검이 부딪치려 할 때였다.

“여긴 두 사람이 장난치는 곳이 아니다. 정 싸우고 싶다면 가주님의 허락을 받아. 다른 곳으로 가든지.”

용악이 두 사람을 가로막으며 경고했다.

‘이런, 내가 왜 갑자기 평정을 잃었지?

제갈기가 멍한 얼굴이 되어 주위를 돌아봤다.

평상시의 제갈기라면 있을 수 없는 일이었으나 혁련세가라는 이름은 그만큼 부담이 될 수밖에 없었다.

"미안하네, 성. 말도 안 되는 소리를 들어서 잠시 이성을 잃었네."

"말도 안 되는 소리?"

구징효의 눈썹 한쪽이 바짝 올라갔다.

제갈기는 그 모습에 위안을 삼을 수 있었는지 심호흡을 크게 하며 말을 이었다.

"용 소협, 혁련세가의 힘은 십이대세가 중 단연 으뜸이오. 섣부른 판단으로 적을 만들었다가는… 성과 소소를 위험에 빠뜨리는 것과 다름 아니오."

제갈기의 조심스러운 태도가 설명되는 말이었다.

그러나 용악은 오히려 웃었다.

"후후. 그런 건 모르겠고, 내가 아는 건 한 가지다. 가주님이 몇 년 동안 독을 복용하셨다. 당연히 그쪽 가주도 똑같이 독을 마셔야 한다. 물론 더 독한 독이어야겠지. 다른 짓도 했다? 역시 배로 되돌려준다."

'그렇게 알아듣도록 말을 했건만. 도대체 이자의 정체가 뭐기에 저토록 자신감이 넘치는 건가?

제갈기는 오늘 하루 동안 얼마나 많이 놀랐는지 모른다. 그것도 용악 한 사람 때문에 말이다.

혁련세가는 제갈기는 물론이고 현 제갈세가주 제갈문조차 함부로 대할 수 없는 세가였다. 그런 곳을 용악이 말 몇 마디로 쥐락펴락하고 있었다.

용악의 무공이 상당히 강하다는 건 경험해 봐서 알지만 혁련세가와 단신으로 싸울 정도는 아니었다. 아니, 현 십이대세가를 통틀어도 그럴 수 있는 고수는 한 명도 없었다.

설혹 용악이 제갈기의 예상을 뛰어넘는 실력을 가졌다고 해도 마찬가지였다. 혁련세가를 상대한다는 의미는 황보세가를 제외한 나머지 세가 전체를 상대하는 것과 같은 의미이니.

"용 소협, 잠시 진정하세요."

황보성은 제갈기의 마음을 이해할 수 있었다. 어려서부터 무수히 들어온 혁련세가의 대단한 위상을 황보성 역시 잘 아는 까닭이다.

"기의 말이 옳습니다."

황보성이 자조적인 웃음과 함께 입을 열었다.

"아니요, 틀립니다."

"용 소협……"

"가주님의 결정만이 옳은 것입니다."

"당신!"

용악의 착 가라앉은 대답에 듣고만 있던 제갈기가 더 이상 참지 못하고 손바닥으로 기둥을 때리며 버럭 소리를 질렀다.

“기껏 걱정이 돼서 해준 말을 그런 식으로 받아들이나? 더구나 그 말투, 아주 거슬려. 나는 당신이 모시는 가주의 친구야. 입 조심해!”

제갈기의 경고는 강렬했으나 용악은 표정 하나 변하지 않았다.

“우습군.”

“우, 우스워?”

“가주님의 친구라면 나보다 더 화가 나야 하는 것 아닌가? 기껏 몸이나 사리면서 걱정 운운하는 건 아니지. 그리고 나는 황보세가의 식객이지, 하인이 아니야.”

“하!”

“감탄은 잘하는군.”

“……!”

제갈기가 이를 악물며 용악을 노려봤다.

용악을 노려보는 사람은 한 명이 더 있었다. 무시당하고 있다는 생각에 화가 머리끝까지 치솟아 있는 구정효였다.

‘이러다 일 나겠다.’

구정효와 제갈기의 살기 어린 눈빛에 곤란해진 사람은 황보성이었다. 용악과 제갈기 어느 편도 들 수 없는데 구정효까지 가세할 모양이다.

“용 소협, 그만둬 주세요. 기는 제 오랜 친구이자 황보세가의 손님입니다. 예의를 갖춰주시길 부탁드립니다, 식객으로서.”

황보성의 부탁은 최대한 정중했다.

그것이 제갈기는 못마땅했던 모양이다.

"성, 그만두다니? 그만두어도 내가 그만두어야지! 더구나 이자가 내 명예를 무시하고 있는데 고작 할 말이 그것뿐인가?"

"…명예?"

순간적으로 황보성의 얼굴이 화끈 달아올랐다.

제갈기를 생각해서 한 말이었다.

용악에게 물러서라고 한 말이 어째서 제갈기가 명예 운운할 정도의 일인지, 왜 자신의 명예에 대해서만 말하는지 이해할 수 없었다.

황보성은 화난 표정의 제갈기를 물끄러미 바라보다 천천히 말을 꺼냈다.

"기, 용 소협이 무시한 건 자네가 아니라 혁련세가일세. 자네가 피하려는 혁련세가를 용 소협이 아무렇지도 않게 생각해서 화가 난 건가?"

황보성이 정색을 하며 말했다.

심장은 그 어느 때보다 심하게 뛰었지만 머릿속은 차분하게 가라앉고 있었다.

'내, 내가 이런 말을……'

第六章
천산마제

천산마제

"성, 자네 지금 무슨 말을 하는 건가? 질투? 내게 지금 질투
한다고 하는 건가?"

제갈기는 놀란 눈으로 황보성을 쳐다봤다.

다른 사람도 아닌 황보성이 저런 말을 했다는 것이 믿기지
않는 표정이었다.

"사실이잖은가?"

"성!"

"친구를 걱정해 주는 자네의 마음은 잘 아네. 그러나 걱정
하지 말게. 이 일을 밝혀낸 건 제갈세가가 아니라 황보세가
네. 황보세가의 이름을 걸고 약속하네."

“……!”

갑자기 달라진 황보성의 태도에 제갈기는 할 말을 잃고 말았다. 황보성은 어린 청년으로 지금과 같은 말을 할 리가 없었다.

용악이 곁에 있는 것만으로 변한 것이다.

황보성의 심장은 미친 듯 쿵쾅댔다.

‘옳은 결정이야. 아버님께서 살아 계셨어도 분명 같은 말씀을 하셨을 거야.’

속이 다 시원했다. 황보세가의 가주로서 무언가를 한 것 같아 뿌듯해지기까지 했다.

황보성이 고개를 돌리자, 용악이 담담한 미소와 함께 고개를 끄덕여 주었다.

“성, 혁련세가의 가주는 혁련천 대협일세. 젊은 시절 절정 고수에 올라 유명해졌지. 오죽했으면 남궁세가가 폐관까지 하며 무공에 전력을 기울였겠는가?”

제갈기의 입을 비집고 신음과 같은 목소리가 흘러나왔다. 두려워하는 마음이 그대로 드러나 있었다.

“나야 소식에 어두우니 잘 모르지.”

“자네는 너무 몰라, 그동안 십이대세가가 어떻게 변했는지. 다른 세가들은 진즉부터 강요받고 있어. 혁련세가를 따를지 싸울지. 제갈세가 역시 마찬가지네.”

“음…….”

"그래, 나는 분명히 혁련세가와 적이 될지도 모른다는 생각을 했네. 인정해."

"이해하네. 나라도 그랬을 거야."

황보성이 제갈기의 어깨를 두드려 주었다.

'성, 이 친구… 내가 알고 있던 성이 맞는 건가?'

조금 전까지만 해도 느끼지 못했던 어른스러움이 황보성의 손을 통해 전해지는 것 같았다.

큰일을 겪고 난 후의 황보성은 달라져 있었다.

마을 사람들을 안정시켜야 했고, 황보소소가 깨어났을 때 웃어줘야 했으며, 멀리서 찾아준 친구를 이해해 줘야 했다.

제갈기의 시선이 무의식적으로 용악을 향했다.

황보세가가 이전과 달라진 점이 있다면 한 사람이 식객으로 들어와 있다는 것뿐이다.

'저 사람 때문인가? 구 사부란 낭인과 나를 동시에 상대하면서도 여유를 가진 고수. 혁련세가를 입에 담으면서도 두려움 따윈 없다.'

제갈기는 혁련세가의 힘에 대해서만 강변하던 자신의 모습이 부끄러워졌다.

"용 소협, 한 가지만 물어도 되겠소?"

"……."

"그들은 어떻게 됐습니까?"

"그들?"

"천금장주와 혁련세가의 무인들이란 자들 말이오."

"……."

용악은 제갈기를 물끄러미 바라볼 뿐 아무런 대답도 하지 않았다. 굳이 대답할 필요를 느끼지 못한다는 듯 시선을 돌리기까지 했다.

"큭. 이제 내 차례가 됐군."

구정효는 인고의 시간을 참고 참아냈다. 관심도 없는 대화가 이어져도 용악과 다시 한 번 싸우겠다는 의지 하나로 버틴 것이다.

용악이 그제야 돌아봤다.

"준비는 됐나, 젊은이?"

"……."

"이번엔 자네가 무슨 말을 해도 피할 수 없네."

"피해? 난 피한 적 없다."

"크큭. 그러신가? 그럼 아까는 왜 결판을 내지 않고 줄행랑을 쳤지?"

"훗."

용악의 짧은 웃음이 구정효로 하여금 이성의 끈을 놓게 만들었다.

"다, 당장 결판을 내자!"

용악은 달려드는 구정효를 유인해 근처 숲으로 옮겨왔다.

나무를 하러 올라가다 본 곳으로 나무가 다른 곳에 비해 듬성
듬성 심어져 있었다.

"준비는 됐느냐?"

구징효는 용악을 노려보며 양손을 풀었다.

"될 것 같은가?"

"큭. 나이도 젊은 놈이 꼬박꼬박……."

구징효의 관자놀이에 핏대가 섰다.

"어차피 그것도 오늘이 마지막일 테니 마음대로 해라. 아
까 보여준 힘은 내 진짜 힘이 아니다. 알고 있겠지? 이제부터
가 진짜이니 잘 버텨야 할 게다."

"마지막으로 기회를 주지. 이제껏 내게 이빨을 드러낸 것
들은 모두 죽었다. 그래도 하겠느냐?"

"하, 하겠느냐? 지금까지 내 말을 어디로 들은 거야? 안 하
려면 내가 왜 이곳에 와 있겠나, 젊은이? 지금부터 무쌍권이
왜 무쌍인지 보여주도록 하마."

"무쌍권?"

용악이 반응을 보인 것이라 여긴 구징효의 입가에 미소가
얹혀졌다. 당연했다. 용악 또래의 젊은 무인들이 무쌍권에 대
해 모를 수가 없는 것이다.

"무쌍권을 알고 있었군. 그렇겠지. 하나 지금의 나는 한 명
의 낭인일 뿐이다. 과거의 이름 따위는 내게 중요하지 않기
때문이다. 새로운 목표를 완성할 때까지 나는 언제고 낭인으

로 살 것이다."

구징효는 잠시 말을 멈추고는 주위를 돌아보며 애잔한 표정이 됐다.

꿈틀.

용악의 미간이 좁혀졌다. 진지하게 구징효의 말을 듣고 있다는 것을 뜻했다. 적어도 구징효의 생각으로 그랬다.

"목표가 궁금한 모양이군. 특별히 자네에겐 알려주지. 내 목표는 태산신군이 되는 것이다."

"……"

"천산에는 천산마제가 있듯이 태산에는 태산신군이 탄생하는 것이지."

'천산마제?'

용악이 다소 멍해진 표정으로 구징효를 바라봤다.

구징효는 어느새 자기 감상에 빠져 심각해진 얼굴을 하고 있었다.

혼자서 묻고 답하는 구징효의 행동이 신기했지만 잘 아는, 너무도 잘 아는 지명이 나온 까닭이다.

"그의 소문이 시작된 건 길어야 오륙 년 정도 됐다. 천산에 자리 잡은 강자들이 그의 손에 하나둘씩 쓰러졌지. 몇 명이 쓰러져야 천산에 강자가 나타났다는 소문이 돌겠느냐? 적어도 열 명 이상은 되겠지. 열 명… 다른 곳이었으면 콧방귀 뀔 숫자다. 하나 천산은 다르다. 그 척박한 땅에서 고수 소리를 들으려면 적어도 절정고수는 돼야 가능하다. 그런 자들을 열 명이나 쓰러뜨린 것이다. 그 소문 이후 일 년인가 지났을 때 다시 들려왔지, 천산마제 그는 진정한 강자라고. 누구를 꺾어서 강자가 된 것이 아니라 이름 자체가 강자의 대명사가 됐다. 결국 천산의 모든 고수가 그의 발아래 무릎을 꿇었다.”

구징효의 표정은 너무도 진지했다, 마치 천산마제의 싸움을 지켜보기라도 한 사람처럼.

“당신이 봤나?”

“큭. 못 봤다.”

“그럼 무슨 근거로 그런 말을 하지?”

“실제로 그와 천산의 강자들이 대결하는 광경을 직접 본 자에게 들었다. 천산마제의 무적호신강기는 뚫을 수가 없다고 하더군. 내가 직접 봤어야 하는데…….”

“무적호신강기?”

용악이 입을 비틀며 묘하게 웃었다.

“지금 천산마제를 비웃는 거냐?”

구징효는 거세게 살기를 일으키며 노려봤다.

‘천산에 그런 사람이 있었나? 무적호신강기라……. 무공명 하난 대단하군.’

용악이 황보세가로 오기 전까지 머문 곳이 천산이었다. 그곳에서 무려 십 년 동안 있었지만 천산마제에 대해서는 들은 기억은 없었다.

그럴 수 있었다, 그만큼 천산은 크고 넓으니.

어느새 용악은 구징효의 이어질 말을 기대하게 됐다. 천산에 대한 소식은 용악의 호기심을 자극하고도 남았다.

"아쉬운 건 더 이상 천산마제에 대한 애길 들을 수 없게 됐다는 것이다. 하지만 나는 안다, 그만이 진정한 강자였다는 것을."

싸우는 것도 못 봤고, 직접 본 적도 없는 사람에 대해 저런 무한한 신뢰를 줄 수 있을까?

용악은 구징효의 확신에 찬 말을 들으며 고소를 지을 수밖에 없었다.

"더 들을 수 없다? 왜?"

"큭. 이놈이 보자 보자 하니까! 어린놈이 꼬박꼬박 말을 잘라먹어!"

용악의 반복되는 하대에 구징효의 이마에는 일어난 혈관이 한두 개가 아니었다.

"왜 들을 수 없냐고."

"…관두자. 너 같은 놈에게 그런 고급스런 애길 해주려 한 내가 바보다."

"들어봅시다."

"썩 마음에 드는 건 아니지만 일단 마무리를 하기로 하자."

구징효는 주먹부터 날리고 싶었지만, 그렇게 되면 지금까지 늘어놓은 천산마제와 구징효 자신과의 연관성이 사라지고 만다. 어쩔 수 없이 화를 눌러야 했다.

"그는 일 년 전… 그러니까 아는 사람들만 아는 엄청난 대결을 끝으로 천산에서 모습을 감추었다."

"엄청난 대결?"

"너도 들어는 봤겠지, 검왕이란 이름은?"

"검왕… 알지."

용악은 검왕에 대해 들어본 것이 아니라 알고 있었다. 구레나룻부터 턱까지 덮은 하얀 수염이 떠오르자 절로 웃음이 나왔다.

"들어는 본 모양이군. 큭. 사람들은 그 싸움의 승자가 검왕이라고 떠들어댄다."

"싸움? 아, 싸움. 그런데 당신은 검왕이 이겼다고 생각하지 않는 모양인데?"

"당연하지! 천산마제가 진다고? 그 엄청난 무적호신강기를 펼치는 그가? 크큭. 모두 정파에서 꾸며낸 말일 뿐이야. 오죽했으면……"

'…일 년도 더 됐군. 검왕은 상처를 치료하셨으려나.'

용악의 귀에는 이미 구징효의 목소리가 들리지 않았다. 검왕을 생각하는 순간, 용악의 의식은 일 년 전으로 돌아가 있었다.

'강한 분이셨지.'

몸 역시 그날로 돌아가기라도 한 것일까?

몸이 뜨거워졌다.

"검왕 하온극! 세상에 알려진 초절정고수 중 한 사람이다. 대단한 고수지. 지금도 장강에서 적발광도(赤髮狂刀)와 그가 탄 배를 반으로 갈라 버린 검왕의 검강(劍罡)은 전설처럼 회자되고 있지."

"하면 어째서 천산마제가 더 강하다는 거지?"

"큭. 천산마제를, 아니, 천산마제란 이름을 들어본 자는 많지 않다. 하나 검왕에 대해선 모르는 사람이 많지 않다. 누가 더 유리할까? 당연히 추종자가 많은 검왕이겠지? 뭐라고 소문을 퍼뜨렸겠느냐? 크크크. 무엇보다 천산마제의 승리를 단정 지을 수 있는 건, 검왕이 지난 일 년 동안 공식석상에 모습을 드러내지 않았다는 것이다."

"……."

"치명상을 입은 거지. 천산마제와의 대결에서! 크하하!"

'재미있는 생각이군.'

구징효의 대답에 용악은 속으로 웃고 말았다.

검왕의 검은 천신이 내린 검이라고 해서 천강검(天罡劍)이라 했다.

'직접 받아보진 않았어도 검왕의 천강이라면 이전의 나라도 장담하기 힘들지 않을까?

일 년 전 그날, 분명 용악과 검왕은 싸웠다.

그러나 상대는 서로가 아니었다.

열 명의 무시무시한 고수였다.

그들은 용악의 만벽을 터뜨렸고, 검왕의 천강을 깨뜨렸다.

십천좌(十天座)라고 했다.

열 개의 하늘, 이젠 육천좌였다.

그들 덕분에 용악은 힘의 삼 할 이상을 봉인해야 했고, 검왕 역시 용악 못지않은 타격을 입었다.

십천좌와 싸우며 잠깐씩 본 것에 의하면 검왕의 천강은 형태가 존재하지 않았다. 탄(彈)처럼도 쏘고, 활처럼도 날리고, 돌풍처럼 휘감기도 했다.

천산에 들어가 수많은 싸움을 통해 용악은 만벽(萬壁)의 오의를 깨달을 수 있었다. 그럼에도 당시의 검왕과 싸운다면 승부는 장담할 수 없을 거라 생각했다.

'육천좌 그들이 다시 천산을 넘으려 하면 과연 막을 수 있을까? 아니, 나는 과연 다시 싸우려고 할까?

용악은 검왕이 떠나기 전에 했던 말을 기억하고 있었다. 허허로운 목소리로 흘러내리는 피를 닦으며 웃음과 함께 건넨 말을.

"천하는 정말 넓군. 신세졌네. 허허허."

용악은 그 모습을 잊을 수가 없었다.

검 한 자루 쥐고 돌아서던 검왕의 모습을.

거인의 등이 얼마나 큰지 처음으로 느낄 수 있었다.

"…듣고 있는 거냐?"

"……."

생각에 잠겨 있던 용악을 구징효가 깨웠다.

"물론 사람들은 인정하지 않을 것이다, 믿기 싫을 테니까. 정검련의 련주인 검왕은 영원히 최강자로 남아야 하거든."

"정검련?"

"……."

"……."

"…안다며? 검왕에 대해 들어봤다며?"

"정검련은 모른다."

"이건 무슨……. 모르는 거냐, 모른 척하는 거냐?"

"모른다."

너무도 당당한 대답에 구징효는 끓어오르는 화를 간신히 참아내야 했다.

"큿. 좋다, 고수에겐 항상 추종하는 무리가 따른다. 하물며 검왕과 같은 초절정고수라면 말 다했지. 검왕을 추종하는 무리만 해도 산을 덮고 강을 채운다고 하더라. 그들 중 쓸 만한 자들만 모인 곳이 정검련이다."

"이상하군. 검왕은 혼자 다니지 않나?"

"크크큭. 뭐냐, 검왕이 혼자 다니는 걸 보기라도 한 것처럼 지껄이는……."

구징효가 말을 흐리며 용악을 의심스런 눈으로 쳐다봤다. 하나 이내 고개를 흔들었다.

"그럴 리가 없지. 정검련도 모르는 놈이 검왕을 만났을 리 없지. 검왕은 혼자 다니는 걸 즐긴다는 소문이 있기는 있었다. 그래 봐야 천산마제와는 비교도 할 수 없지만. 언제나 혼자인 천산마제와 언제든 무리 지을 수 있는 검왕과 비교한다는 것 자체가 어불성설이지. 암! 어불성설이고말고. 천산의 정상은 붉다고 하더구나. 천산마제가 벤 자들의 피로 붉게 물들었다고."

"벤 자들? 천산마제란 자가 검을 사용하나?"

"음? 음……."

구징효의 입이 다시 멈추었다.

검왕이 혼자서 천산을 갔는지, 천산마제의 무기가 어떤 건지 구징효는 본 적이 없다.

"검왕과 같은 고수와 싸우려면 당연하지!"

구징효는 버럭 소리를 지르며 대답을 얼버무렸다.

그리고는 재빨리 말을 이어갔다.

"너는 내가 왜 천산마제 얘기를 꺼냈는지 궁금할 것이다. 오늘 이후 나는 태산신군으로 다시 태어날 생각이다. 홀로 무리 짓지 않고 태산의 정상에 우뚝 서서 도전해 오는 자들을 무릎 꿇릴 것이다."

홍분으로 인해 확장된 구징효의 동공이 용악을 향했다. 용악은 구정효를 신기한 동물 구경하듯이 바라봤다. 저 다음에 이어질 말은 너무도 쉽게 추측할 수 있었다.

‘그 첫 도전자로 정해진 것을 영광으로 알아라.’

“그 첫 도전자로 정해진 것을 영광으로 알아라.”

구정효는 용악의 생각과 토씨 하나 다르지 않게 말을 마쳤다.

픽.

용악은 구정효에게서 시선을 떼어 서쪽 하늘을 바라봤다. 시선을 따라 올라가면 천산이 나온다.

‘그리운 건가……’

용악이 십 년 동안 지냈던 동굴과 그 아래쪽을 흐르던 냇가, 그리고 유일하게 말동무가 되어주던 하늘까지 전부 그리웠다.

“크큭. 이제 생각이 달라졌느냐?”

용악의 기분도 모르고 구정효는 한껏 고무된 채로 출수할 준비를 마쳤다.

무쌍권의 묘용은 펼치는 순간 전신이 돌덩이처럼 단단해지는 데 있었다. 방어보다 공격에 치중한 무공이기 때문이다.

“내 이름은 용악. 이유없이 손을 쓰진 않지만 손을 쓰게 되면 반드시 대가를 치르게 한다.”

“큭. 협박이냐? 마음대로 해라. 나는 내 자존심을 지키기 위해서라도 너를 반드시 죽이고 말 테니까.”

“자존심?”

“나와 제갈세가의 어린놈이 합공하도록 만들어? 그런 수치스런 기억을 지니고 살 바에야 차라리 자결을 하고 만다. 타핫!”

과웅—!

구징효의 두 주먹이 괴이한 소리를 내며 진동을 일으켰다.

용악이 볼 때 확실히 아까보단 강해졌지만 결과를 뒤집을 정도까지는 되지 않았다.

내뻗은 구징효의 주먹이 용악의 얼굴에 닿으려는 순간, 처음으로 용악의 손이 움직였다.

턱.

“주먹을 잡는다고? 죽기로 작정을 한 모양이구나. 기억이나 해두어라. 이것이 무쌍포 대붕이다!”

쾅!

첫 번째 주먹이 용악의 손을 때리며 몸 전체를 흔들리게 만들었다. 이어서 두 번째 주먹이 용악의 얼굴을 때렸다.

턱.

이번에도 구징효의 주먹은 용악의 손에 잡혔다.

쾅!

굉음이 조금 전보다 더 커지며 용악의 상체까지 휘청거리게 만들었다. 하지만 용악의 발은 여전히 땅에 붙은 채로 흔들림이 없었다.

　‘이런 괴물 같은 놈! 내 주먹을 두 번이나… 마지막이다!’

　구징효는 전력을 실어 마지막 권을 날렸다.

　쿠콰!

　절정고수라 해도 손색이 없는 강렬한 주먹이었다.

　‘놀라운 힘이다.’

　받기만 하려 했던 용악의 생각을 번복하게 만들 정도의 강력함이 실려 있었다.

　용악은 구징효의 주먹을 감싼 손바닥을 통해 기벽을 일으켜 충격을 흡수하는 동시에 나선투로 기를 흔들었다.

　쩌엉—!

　쩌저저적!

　용악과 구징효의 발아래 균열이 일어나며 물결이 퍼지듯 땅이 죽 밀려났다.

　“……!”

　“……!”

　두 사람은 동시에 놀랐다.

　용악은 구징효가 쏟아낸 힘이 이 정도로 거대할 줄 예상하지 못해 놀랐고, 구징효는 용악이 한 걸음도 물러서지 않았다는 사실에 충격을 받았다.

　‘나선투를 사용하지 않았다면……’

　용악은 밀려 나간 주변 땅을 보며 적잖게 놀랐다.

구징효의 내공이 조금만 더 강했더라면 용악의 이화유능제(異化有能制)가 처음으로 튕겨졌을지도 몰랐다.

'잠시 이화유능제를 사용하지 않고 상대해 볼까?'

용악은 구징효를 보며 웃었다.

천산을 떠난 이후 처음 있는 일이었다.

그때, 용악이 웃음을 그치도록 만드는 일이 일어났다.

꾸드득!

구징효의 권에서 기이한 음향이 일었다.

대개 권은 타격을 위주로 한다. 목표와 부딪칠 때의 위력에 의존하기 때문이다. 하나 이런 타격은 즉발적인 위력을 발휘하지 연속적인 위력은 일으키지 않는다.

그 상식을 구징효가 깨고 있었다. 용악의 손바닥에 닿은 구징효의 주먹이 좌에서 우로, 우에서 좌로 회전하기 시작했다. 그 기세라면 용악이 손바닥을 떼지 않으면 뚫기라도 할 것 같았다.

"그럴 순 없지."

용악은 다른 한 손을 손등에 겹쳤다.

투학!

일흡 나선투와 구징효의 힘이 충돌하며 소리를 냈다.

"큭!"

구징효의 주먹이 용악의 손바닥에서 떨어지며 뒤로 튕겨져 나갔다.

"제길! 제길!"

구징효는 주먹을 털며 팔꿈치를 주물렀다.

일흡 나선투와 부딪치고도 겨우 팔꿈치가 아픈 정도에 그친 것이다.

"하하하."

용악은 기가 막힌 나머지 웃고 말았다.

구징효의 신체는 믿을 수 없을 정도로 단단했다.

아무리 용악이 완전한 상태의 몸이 아니라고 해도 조금 전에 사용한 일흡 나선투의 위력은 혁련세가의 무장 중 한 명을 그 자리에서 즉사시킬 정도로 강한 힘이었다.

그것을 구징효가 견뎌낸 것이다.

"후우……."

용악이 길게 호흡을 내뱉었다.

그 모습을 구징효는 놓치지 않았다.

팔이 아직도 쩌릿쩌릿하지만 용악 역시 멀쩡하진 않다는 확신이 섰다.

"놓칠까 보냐!"

구징효가 다시 주먹을 쥐고 덤벼들었다.

용악은 곤란한 표정이 됐다.

'일흡 벽심(壁心).'

다가오는 구징효의 속도가 점점 빨라졌다.

이때까지 용악은 양손을 늘어뜨린 채 아무런 행동도 취하지 않았다.

슈왁!

구징효의 주먹을 허공을 찢으며 그대로 용악의 가슴에 박혀들었다.

쿵!

"……?"

어이없는 소리에 구징효는 자신의 주먹을 바라봤다.

그의 주먹은 분명 용악의 가슴에 닿아 있었다.

'그 소리는 뭐였지?

주먹에 닿는 느낌이 비록 철벽처럼 단단했지만 때린 것은 틀림없었다.

"힘 하나는 정말 인정하지 않을 수 없군."

용악이 조금의 불편함도 없이 말을 했다.

"……!"

구징효는 용악이 허세가 아니란 것을 본능적으로 직감했다. 하지만 그에겐 아직 남은 한 수가 있었다. 더구나 그의 주먹은 아직 용악의 가슴에 닿은 상태였다.

"이번에도 견뎌낼 수 있다면 내 목숨은 네 것이다."

파리한 안광이 구징효의 눈에서 흘러나왔다.

그만큼 비장한 한 수를 준비하고 있다는 뜻이었다.

쿠르르—

구징효는 이미 무쌍탄파(無雙彈波)를 사용할 준비를 마친 상태였다.

　팔꿈치가 터져 나가든 팔 한쪽을 못 쓰게 되든 용악을 죽일 수만 있다면 아무 상관 없었다, 적어도 지금 이 순간만큼은.

　구정효의 단전에서 일어난 힘이 척추를 타고 올라와 어깨를 지나 팔까지 전달됐다. 이대로 권경을 발출하기만 하면 모든 상황은 종료될 것이다.

　이때까지도 용악은 아무런 방어도 하지 않았다.

　구정효의 모든 힘이 발아래 땅으로 향하고 있는 이상 걱정할 필요가 없기 때문이다.

　콰콰콰!

　"됐다!"

　구정효는 눈동자를 일렁이면서 환호했다.

　무쌍탄파를 하나도 놓치지 않고 용악의 몸속으로 흘려보낸 것이다.

　그러나 환호하는 순간이 지나고 곧바로 땅에서 진동이 일어났다.

　드드드드―!

　"……?"

　구정효의 시선이 용악의 얼굴로 향했다.

　씨익, 용악이 웃고 있었다.

　'뭐냐, 저 웃음? 설마 내 권경을 피하기라도… 아니, 그, 그

릴 리가 없다. 그건 불가능해!'

　구징효의 표정이 급격히 굳어갔다.

　급히 주먹을 빼내려 했다.

　"헉!"

　주먹이 빠지지 않았다.

　구징효의 눈이 부릅떠질 때 주먹을 덮는 손.

　용악의 손이 주먹을 감쌌다.

　'졌다.'

　무쌍탄파를 맞고도 움직일 수 있다면 결과는 굳이 예측할 필요도 없었다. 구징효의 머릿속이 하얗게 번져 갔다.

　지면을 바라보던 구징효가 빙글 돌며 하늘이 보였고, 다시 한 번 돌았을 때는 구름까지 볼 수 있었다.

　텅.

　지면과 몸이 충돌을 일으켰으나 구징효는 아무것도 느끼지 못하는 사람처럼 멍한 표정만 지었다.

　한 번, 두 번… 십여 번이나 반복된 지면과의 충돌이 잦아들다 멈췄다.

　일어나는 먼지와 달리 구징효의 머릿속은 뿌옇게 어지럽혀졌다.

　비장의 한 수가 실패한 이상 더 싸울 이유는 없었다.

　"아직도 움직일 수 있나?"

　용악이 구징효를 내려다보며 물었다.

구정효는 눈을 몇 번 깜빡인 후에야 힘겹게 입술을 뗐다.

“…어떻게……?”

“……!”

용악은 구정효의 대답에 멍한 표정이 되고 말았다.

묻기는 했지만 진짜로 대답할 줄은 꿈에도 생각지 못한 탓이다.

“…졌다……. 무쌍탄파라면… 완벽했는데…….”

“무쌍탄파? 무공 이름인가? 완벽하지 않았다. 당신의 주먹을 받아도 괜찮을 것 같았으니까.”

“크으!”

“일흡 벽심. 당신의 힘을 일시적으로 가두어 다른 곳으로 보내 버리게 해준 수법이다.”

‘가, 가둔다고? 내 전력을 다한 무쌍탄파를?’

구정효가 눈을 동그랗게 뜨며 쳐다봤다.

“놀랄 사람은 나다. 일흡 벽심에 당하고도 말을 할 수 있는 사람은 당신이 처음이다.”

용악은 고개를 저으면서도 감탄한 표정을 숨기지 않았다. 구정효의 힘을 가두는 시간이 조금 늦었다. 재빨리 일흡 나선투의 회전투기로 방출하지 않았다면 용악 역시 낭패를 당했을지도 몰랐다.

제약을 두고 안 두고를 떠나 한 가지는 분명했다. 최선을 다한 것은 용악도 마찬가지라는 것이다.

일홉 벽심에 갇히면 상대의 진기는 일시적으로 끊겨 버리는 공동현상을 일으킨다. 이화유능제를 사용하지 않은 이유이기도 했다.

"…잔인한 놈… 단전을 어떻게… 한 것이냐……. 진기가 모이질 않아……. 차라리… 끝내라……."

구정효는 모든 걸 포기하고 눈을 감았다.

"조금 있으면 진기가 이어질 거요. 움직일 수 있게 되면 당신 부하들이나 챙겨서 떠나시오."

"…부하들?"

"황보 소저를 생각하면 전부 죽였어야 하지만 기절만 시켰소."

용악은 말을 하고 나서 픽 웃었다.

생각했던 것보다 약하게 손을 쓴 것이 기절시킨 결과로 나타난 것뿐이기 때문이다.

"아무튼 정말 대단한 몸이오. 하하하!"

구정효의 피부가 어느새 원래의 피부 색깔로 돌아오고 있었다. 용악은 절레절레 고개를 흔들고는 뒤돌아섰다.

"제길……."

구정효가 눈을 감은 채 이를 악물었다.

꼼짝을 할 수 없으니 분해도 할 수 있는 것이 없었다.

"희창… 아무래도 하늘이… 네놈을 찢어 죽이라고 기회를… 주신 모양이다. 이제 내 목숨은… 내 것이 아니다……."

싸우는 도중에 했던 말을 구징효는 기억하고 있었다.

무쌍탄파를 막으면 목숨을 주겠다고 했던 말을.

구징효는 한 번 내뱉은 말을 주워 담을 정도로 가벼운 삶을 살지 않았다.

천산마제를 흠모해 태산신군이 되어보려 했건만, 이젠 그것도 힘들게 됐다.

그렇게 구징효는 한참을 땅에 누워 있었다.

황보성의 방 안.

구징효와 함께 사라졌던 용악이 혼자서 돌아와 황보성과 마주 보고 앉았다.

"늦었습니다, 가주님."

"괜찮으십니까? 그 낭인의 실력이 상당하다고 하던데……."

제갈기에게서 구징효에 들었던 모양이다.

용악은 괜한 말을 왜 했느냐는 시선으로 제갈기를 돌아봤다.

"성이 물어서 그만……."

"덩치만 컸지 나쁜 사람은 아니더군요. 잘 타일렀더니 부하들과 함께 떠나겠다고 했습니다."

"자, 잘 타일러서요? 누가 누굴 말입니까?"

제갈기는 부지불식간에 끼어들고 말았다.

“내가 그를.”

“……”

“……”

“…그, 그렇군요. 용 소협이 그를… 타일렀군요.”

황당함을 넘어서 기함할 일이었으나, 제갈기는 고개를 끄덕였다. 직접 눈으로 확인한 용악의 실력이라면 그럴 수도 있겠다 싶은 것이다.

“가만!”

갑자기 제갈기의 눈이 휘둥그레졌다.

“방금 부하들이라고 했습니까?”

“……”

“혹시 숲에서 몰살시킨 낭인들은… 아니겠지요?”

“기절했던 자들이겠지.”

“기, 기절? 그럼 제갈세가 식구들도 무사한 겁니까?”

용악은 곤란한 표정으로 제갈기를 쳐다봤다.

그때였다. 밖에서 마을 사람들의 웅성거림이 안채까지 들려왔다.

“무슨 일입니까?”

황보성이 창문을 통해 밖을 내다보며 촌장에게 묻자, 촌장이 손을 들어 마을 입구를 가리켰다.

일단의 무리가 마을 입구로 들어서고 있었는데, 그들의 가슴에는 제갈세가를 상징하는 문양이 수놓아져 있었다.

"기, 저들은 제갈세가의 식구들이 아닌가?"

"뭣!"

제갈기가 자리에서 일어나 창문을 보다 문을 박차고 나갔다.

용악의 말이 사실이었던 것이다.

제갈세가의 무인들이 제갈기를 발견하고 일제히 무릎을 꿇었다.

뒤늦게 용악과 황보성이 밖으로 나가자, 제갈기가 황당한 표정으로 용악을 돌아봤다.

'저 사람, 도대체 얼마나 강한 거지? 낭인들과 이들을 정확히 기절시킬 정도의 힘만 사용한 건가? 완벽하게 기를 조절하지 않고는 있을 수 없는 일을 그토록 쉽게……. 내게도 저런 경지에 오를 날이 올까?

제갈기는 용악이 몇 발자국 앞에 있는데 아득히 먼 곳에서 내려오고 있는 것처럼 느껴졌다. 현재의 그로서는 용악의 무공을 가늠한다는 것 자체가 불가능하게 느껴졌기 때문이다.

'이런 사람이 있는데 내가 소소를 데리고 십이용봉대회에 참가한다고?

용악 앞에서 하염없이 작아지는 제갈기였다.

그런 제갈기에게 황보소소를 데려가지 못하는 이유를 만드는 건 어렵지 않았다.

"성, 나는 먼저 떠나야겠네."

"떠, 떠나다니? 어딜 가겠다는 말인가? 아직 소소에겐 얘기도 하지 않았네. 자네가 소소를 남궁세가까지 데려가 주기로 했잖은가?"

"그랬지. 분명히 어제, 아니, 황보세가에 도착하기 전까지도 그랬네. 하나 이젠 그럴 필요가 없잖은가?"

"무슨 소리를 하는 건가?"

황보성은 모른 척할 생각이 없는 것 같았다.

제갈기는 고소를 머금었다.

"세가에 들를 일이 생겼네. 십이용봉대회가 열리기 전까지 도착하려면 최대한 빨리 돌아가야 할 것 같네."

"이, 이보게, 기!"

제갈기의 대답에 황보성은 안색이 하얗게 질렸다.

그런 일이 있었다면 제갈기가 이제껏 말하지 않았을 리 없다.

"뭔가, 기 자네가 그리 마음먹게 된 이유가?"

"세가에 일이……."

"내가 바본 줄 아는가!"

"성, 그 이유를 내 입으로 꼭 밝혀야 속이 시원하겠나? 용소협이 있잖은가. 나보다 소소를 훨씬 안전하게 보호해 줄 용소협이!"

이까지 악다물고 화를 내는 제갈기의 모습에 황보성은 충격을 받고 말았다.

황보소소를 십이용봉대회에 데리고 가는 것과 용악이 무슨 상관이 있단 말인가?

황보성으로선 이해할 수 없는 말이었다.

황보성은 용악을 돌아봤다.

황보소소를 용악과 단둘이 보낸다?

있을 수도 없는 일이었다.

"기, 자네가 왜 마음을 바꿨는지는 몰라도 분명 거기엔 이유가 있을 거야. 자네를 존중하네. 제갈세가로 돌아가는 길에라도 마음이 바뀌면 인편으로라도 알려주게. 부탁하네."

"성… 그럴 일은 없을 거야."

제갈기는 다시 오겠다는 말과 함께 제갈세가의 무인들을 이끌고 황보세가를 떠났다.

황보성의 허탈한 시선이 제갈기를 배웅했다.

"가주님, 그만 들어가세요."

"……."

"그가 무슨 말을 했든 신경 쓸 것 없습니다."

용악이 위로의 말을 건넸지만 황보성은 고개만 절레절레 흔들 뿐이었다.

"…몸이 안 좋네요. 먼저 들어가 쉬겠습니다."

황보성은 불편한 기색을 숨기지 않고 드러냈다.

용악에게 따져 봐야 이미 지난일이기 때문이다.

다음날 아침.

황보소소는 의자에 앉아 잠이 든 황보성을 보고 깜짝 놀라
일어났다.

"오빠!"

"일어났구나."

"여기서 잤어요? 말도 안 돼. 일어나요. 침상으로 가요. 어
서요!"

황보소소는 미안한 마음에 언성을 높였다.

그러자 황보성은 마른웃음을 지었다.

"괜찮아. 너나 무리하지 말고 그대로 있어."

"약이… 약이 있어야 하는데……."

자리에서 일어난 황보소소의 뺨으로 눈물이 흘렀다.

약도 없이 퀭한 모습으로 앉아 있는 황보성의 모습이 너무
도 안쓰러웠다.

"그만하고 앉아봐. 일어나자마자 할 말은 아니지만 해줘야
할 것 같아서 이렇게 기다렸으니."

"…뭔데요?"

"뚱한 얼굴 하지 말고."

황보성은 지난밤 제갈기를 보내고 나서 침상에 누웠으나
잠이 오질 않았다. 십이용봉대회에 용악과 황보소소 단둘이
보내야 할지, 아니면 대회 참가를 포기해야 할지 결정을 내려

야 했기 때문이다.

그러나 잠에서 깨어난 황보소소를 보는 순간 깨달을 수 있었다. 모든 걸 황보소소에게 맡기는 것이 옳다는 것을.

"아버님이나 형님들이 계셨다면 고민도 하지 않았을 텐데… 하하하. 소소야, 오빠에게 고민이 있다."

"…뭔데요?"

"내 몸으론 할 수 없는 일이야. 멀리 가야 하거든. 네가 가 줬으면 한다."

"……?"

"어릴 때 네가 그토록 가고 싶다고 조르던 십이용봉대회가 남궁세가에서 열린다는구나."

"십이용봉대회… 기억나요."

"그래, 현이도 볼 수 있고. 네가 유난히 따랐던 녀석이잖아. 너하고 동갑인가 그랬지?"

"두 살 위요. 얼마나 오라버니라고 부르라고 골렸는지 지금도 기억나요. 고생이라고는 한 번도 해본 적 없는 하얀 얼굴에 유난히 손이 예뻤……."

남궁현의 애기가 나오자 황보소소는 기억을 더듬을 필요도 없이 마구 말을 쏟아냈다. 그러다 황보성의 시선을 의식했는지 말끝을 흐렸다.

"그런 것까지 기억을 하는 거야? 현이에 대해서?"

황보성의 눈이 동그래져서 쳐다봤다.

황보소소 입에서 저런 말이 나오리라고는 생각지도 못했기 때문이다.

"어릴 때잖아요. 그때는 우리도 좋았고요. 아버지도 계시고 오빠들도……."

"다행이네. 아는 사람이 아무도 없으면 어쩌나 했는데 말이다. 기도 나중에 합류한다니 벌써 아는 사람이 두 명이나 되는구나. 이제야 좀 안심이 된다."

황보성이 들뜬 표정으로 황보소소를 바라봤다.

십이용봉대회에 참가하기로 결정한 것으로 본 것이다.

"오빠, 전 안 가요."

"뭐라고? 어째서? 아는 사람도……."

황보소소는 조용히 고개를 가로저으며 황보성의 말을 끊었다.

"오빠를 두고 저만 어떻게 가요. 갈 수 없어요."

"나는 괜찮다."

"제가 괜찮지 않아요. 그런 일은 일어나지 않을 거예요."

"소소야."

"오빠가 뭐라고 해도 안 되는 건 안 되는 거예요."

활짝 웃는 황보소소의 얼굴에 더 이상 말해봐야 소용없다는 고집이 담겨 있었다.

"아직 여유가 있으니 다시 얘기해 보기로 하자."

"제가 부축할게요."

"아니, 괜찮다."

"화났어요?"

"화는 무슨. 그렇게까지 피곤하지 않아. 그래도 잠은 좀 더 자야겠다."

황보성은 방을 나서며 조용히 문을 닫아주었다.

第七章
불청객들

천산마제

“용 소협… 계세요?”

황보소소가 몇 번을 불러도 헛간에선 아무런 소리가 들리지 않았다.

틈으로 들여다본 헛간 안에는 아무도 없었다.

감사하다는 인사를 하고 싶어 며칠째 용악을 찾고 있는데 도통 만날 수가 없었다.

“오늘도 안 계시네? 말도 없이 어딜 가셨지?”

“헐. 아가씨, 왜 그렇게 힘이 없어 보이세요?”

촌장이 안으로 들어서다 황보소소를 발견하고 급히 달려왔다.

“아니에요. 용 소협이 며칠째 안 보이던데 어디 있는지 아
세요?”

“잉? 그 녀석을 찾고 계셨어요?”

“예. 인사도 드리지 못해서…….”

“찾을 것 없습니다, 아가씨. 일이라곤 해본 적도 없는 녀석
이 사람들을 하도 귀찮게 해서 제가 나무나 해오라고 산으로
쫓아 보냈습니다.”

“사, 산으로요? 용 소협을요?”

“헐헐. 녀석이 나무 하나는 끝내주게 잘하거든요.”

촌장은 일전에 대건과 산에 올라갔다가 봤던 장작더미를
떠올리며 흐뭇하게 웃었다. 그것만 가지고 내려와도 마을 전
체가 겨울을 나기에 충분한 양이었다.

“촌장님, 아무리 친하게 지내신다고 해도 용 소협에게 녀
석이라니요. 용 소협은 황보세가의 식객이에요. 앞으론 용 소
협이라고 부르세요.”

“아, 아가씨, 그게 무슨 말씀이십니까? 그 녀석은…….”

“또 그러신다. 용 소협이요.”

“그깟 녀석이 한 일이 뭐가 있다고 소협이라 부릅니까? 저
는 못합니다. 허험.”

“왜 용 소협이 한 일이 없어요. 제가 납치당했을 때 구해주
신 분인데요.”

“잉? 말도 안 됩니다! 아가씨를 안고 온 분은 제갈기 도련

님이세요!"

촌장이 핏발까지 세우며 길길이 날뛰었다.

그 모습에 황보소소는 의아한 표정이 됐다. 그녀를 방에 눕힌 사람이 제갈기란 것은 황보성에게 들어서 알고 있었다.

'어째서 용 소협의 얘기는 빠졌지?'

황보소소의 기억으로는 기절하기 직전에 본 사람은 용악이었다. 보무도 당당하게 그 많은 사람을 가르며 다가와 받아주었던.

황보소소는 기절하기 직전의 상황이 떠오르자 괜히 얼굴이 붉어지며 부끄러워졌다.

"그렇지 않아요. 잘못 알고 계신 거예요. 저를 구해주신 분은 분명 용 소협이 맞으세요."

"아가씨, 그……."

"용 소협이요."

"용… 소협이 구해준 게 분명합니까?"

"그렇다니까요."

"아가씨께서 그렇게까지 말씀하시면 맞겠지요. 헐헐. 알겠습니다. 앞으로는 용 소협이라 부르겠습니다."

황보소소가 정색까지 하며 용악의 편을 들자 촌장은 더 이상 고집 피우지 않았다.

황보소소는 촌장의 말에 안심하고 돌아섰다.

그 순간, 촌장의 눈빛이 달라졌다.

안으로 들어가는 황보소소의 모습을 샅샅이 살폈다.

평소와 다름없는 걸음도 촌장의 눈에는 달라 보였고, 부르지도 않은 콧노래도 촌장은 들을 수 있었다.

'네놈! 네놈의 속셈이 이것이었느냐? 순진한 아가씨를 홀려서 황보세가를 어떻게 해보겠다? 어림없다. 네놈은 좀 더 신중을 기했어야 했어. 내가 있는 한 어림없다!'

촌장의 눈에서 살기가 어렸다.

용악이 황보소소를 상대로 수작을 부린다고 생각한 것이다.

*　　　*　　　*

요 며칠째 피곤한 사람이 한 명 더 있었다.

파바박!

빠르게 달려가 날아오르는 자의 허리춤을 잡고 그대로 내팽개치고서 좌측을 향해 권풍을 날리는 구징효.

퍼펑!

폭음이 가라앉을 즈음에야 숨을 돌리고 섰다.

"또!"

구징효의 잔뜩 화 난 목소리에 뒤쪽에 숨어 있던 낭인들이 고개를 내밀며 나왔다.

"어, 없습니다, 구… 대협……."

낭인 중 한 명이 조심스럽게 대답하며 고개를 조아렸다. 호칭도 '구 사부'에서 '구 대협'으로 바뀌어 있었다.

'찰거머리 같은 것들.'

낭인의 목소리에 구정효의 이마에 핏대가 일어났다.

그 자리에 가는 것이 아니었다.

용악의 일흡 벽심에 당해 몸을 꼼짝도 할 수 없는 상태에서 제일 먼저 생각난 사람은 낭인들이었다. 정을 끊기로 다짐했지만 그것이 말처럼 쉬울까.

움직일 수 있게 되자마자 그들이 죽은 장소로 갔고 묻어주기 위해 막 땅을 파려는 순간, 거짓말처럼 낭인들이 정신을 차리기 시작했다.

그 뒤로는 끔찍한 악몽의 되풀이였다.

정신을 차린 낭인들과 구정효의 눈이 마주친 상황이 묘했다. 구정효는 땅을 파고 있었고 낭인들은 죽다 살아나 정신이 하나도 없었다.

당연히 구정효가 자신들을 생매장시키려 한다 여긴 모양이다. 일제히 구정효의 바지 자락을 붙잡고 늘어지며 살려달라고 애원하기 시작한 것이다.

"의심스러운 자를 발견하면……."

"곧장 구 대협께 보고하도록 하겠습니다!"

낭인 중 가장 열심히 울던 교묵이 허리를 구십 도로 숙이며 외쳤다. 나머지 낭인들 역시 같은 동작을 취했다.

"돌아가는 대로 훈련해라. 열흘 내로 성과를 봐서 다시 땅을 파든 할 테니까. 크크크."

구징효는 귀찮은 목소리로 손을 휘휘 저으며 돌아섰다.

"고생하셨습니다, 구 대협!"

이십여 명이 동시에 외치자 일대가 쩌렁쩌렁 울려댔다.

"야! 그거… 하지 마."

구징효가 인상을 쓰며 교묵을 노려봤다.

"주, 주의시키겠습니다!"

교묵은 화들짝 놀라 대답하고는 구징효가 사라질 때까지 고개를 들지 않았다.

"가셨냐?"

교묵이 누군가에게 물었다.

"가셨다."

낭인 중 한 명이 조용히 대답해 주었다.

그러자 교묵은 고개를 들며 허리를 이리저리 흔들었다. 구징효 앞에서 엄청 긴장하고 있다가 이제야 푸는 것이다.

"니들, 봤지? 구 대협께서 내게 명령하셨다. 그건 곧! 나를 이인자로 인정하신다는 뜻이지. 내 말에 이의있는 사람?"

교묵이 눈을 아래로 깔며 낭인들을 죽 훑어봤다.

아무도 손을 드는 사람은 없었다.

"앞으로 잘해."

교묵의 의기양양한 태도에 낭인들은 어이없는 표정들을

지었다. 그중 한 명이 참지 못하고 코를 풀며 던지듯이 말했
다.

　"쿵. 마달이 어떻게 죽었는지 봤으면서도 저 지랄이네. 니
마음대로 해. 나는 구 대협께서 직접 내리신 명령이 아니면
꿈쩍도 안 할 테니까."

　"쟤도 오래 살기 힘들겠군."

　"내 말이. 큭큭큭."

　이어지는 낭인들의 조소에 교묵은 얼굴이 벌게져서는 어
쩔 줄을 몰라 했으나 그들의 말이 옳다는 건 누구보다 본인이
잘 알고 있었다.

　"알았다구. 그냥 농담 한번 한 것 가지고 아주 죽자고 덤벼
들고 난리야."

　교묵의 투덜거림으로 상황은 정리가 됐다.

　낭인들의 모습은 구징효의 눈을 벗어나지 못했다.

　'이젠 제법 말귀를 알아듣는 모양이군.'

　구징효는 낭인들이 뿔뿔이 흩어지는 것까지 확인하고서야
숨을 골랐다.

　"말 한번 잘못 내뱉었다가 이게 무슨 꼴이람. 에휴……."

　깊은 탄식이 그의 폐부를 두어 바퀴 돈 후에 밖으로 빠져나
왔다.

　용악에게 한 말이었다.

　낭인들과 거처로 돌아온 뒤 어느 정도 몸이 괜찮아지자 도

저히 가만있을 수가 없었다.

"…내 목숨은 네 것이다."

손발이 오그라들 정도로 창피한 말이었다.

승리를 확신하는 순간을 기념하기 위해 무의식중에 나온 말이었다.

그러나 까먹어도 그만인 말이 자꾸만 생각난다. 그 때문에 용악을 찾아가게 됐다. 물론 그 말을 들었는지 못 들었는지를 떠보기 위해서였다.

용악이 머무는 헛간을 찾아갔다.

그것이 구정효 인생에 있어서 잊지 못할 두 번째 실수가 될 줄은 상상도 하지 못했다.

"확인할 것이 있다."

"……?"

"내가 이곳을 떠나도… 찾으러 다닐 생각이 있느냐, 없느냐?"

"……"

"큼. 말이 이상한가 보군. 다시 묻겠다. 나는 절대 네게 빚 따위는 지지 않았다. 그렇지 않느냐?"

"……"

"그러니까… 내 질문의 요지는… 단도직입적으로 묻자면… 너는 싸울 때 상대가 한 말을 어느 정도나 믿느냐?"

"전부 다 믿지."

"……."

"……."

"…아니, 너를 죽이겠다느니 곧 저승 구경 시켜주겠다니 따위
의 말 말고……."

"상대가 누구든 나는 보이는 그대로 인정한다. 그래야 죽이더
라도 망설임이 없게 되거든. 일흡의 무공을 익힌 사람은 그래야
한다."

"저, 전부?"

"전부."

"제길."

구징효는 용악의 대답에 얼마나 부끄러웠는지 모른다. 결
국 그 자리를 도망치듯 빠져나오고 말았다. 밤새 고민했지만
스스로에게 부끄러운 짓을 하느니 차라리 죽는 편이 낫다는
결론을 내릴 수 있었다.

다음날 곧장 용악을 찾아가 '내 목숨은 이제부터 네 것이
다'라고 솔직히 말했다. 용악은 구징효의 고백에 잠시 고민
하는 것 같더니 대뜸 어디론가 끌고 갔다.

그곳이 바로 이곳이었다. 아니, 조금 더 자세히는 황보세가
에서 이백 장 떨어진 지역이었다.

"목숨까진 필요없으니 반년만 수상한 자들이 황보세가에 접근 못하게 막아주면 어떨까?"

"그 정도는 네가 충분히 할 수 있잖아."

"해줄 거요, 말 거요?"

"……."

처음엔 용악이 돌았나 싶었다. 평생 부려먹을 수 있는데 반년만 도와달라니 당연히 그런 생각이 들 수밖에 없었다.

하지만 확답을 받은 그 다음날, 땅을 치고 후회하고 말았다. 말이 황보세가에서 이백 장 떨어진 곳이지, 그 주위까지 합치면 어마어마한 범위였다. 더구나 낭인들이 수상한 자를 발견했다고 해도 어떻게 할 수가 없으니 구징효가 직접 나서야 했다.

총 열 명.

지금까지 해치운 숫자였다.

그들의 정체 따위는 전혀 궁금하지 않았다. 처음엔 이것저것 묻기도 했으나 이제는 그런 걸 물을 시간에 한 놈이라도 더 제압하는 쪽으로 방향을 바꾸었다.

"괜히 약속은 해가지고……."

구징효와 낭인들이 맡고 있는 범위 밖.

비명 소리를 듣고도 다가서지 못하는 일단의 무리가 넓게 퍼진 채로 숨을 죽이고 있었다.

"도대체 저 낭인들은 뭐지?"

"황보세가에서 고용한 자가 아닐까요?"

"그럴 리가 없다. 황보세가는 그럴 여력이 없어."

"감시망을 조금만 좁혀도 귀신같이 알고서 공격해 오니 이곳 이상은 올라가기 힘듭니다."

"알고 있다. 감시만 하면 된다고 하더니… 이건 그런 정도의 일이 아니야. 투입된 인원 중 절반 이상을 잃었다. 그중 열은 저 낭인들 손에 죽었고, 나머지 반 이상은 연락이 두절됐다. 저들 외에 누군가 더 있어. 누군가……."

"차라리 세가로 돌아가 대책을 강구하는 것이 낫지 않겠습니까?"

"소득도 없이 그냥 돌아가자고? 돌아가는 즉시 위사로 평생을 썩을 텐데 그래도 좋으냐?"

조장이란 자의 한마디에 다른 자들은 더 이상 입을 놀리지 않았다. 숱하게 봐온 실패한 자들이 밟는 수순이었다.

부하들에게 겁을 주었으니 이제 움직이게 할 차례였다. 적당한 겁은 아주 유용한 윤활유 역할을 한다는 사실을 그는 잘 알고 있었다.

"그렇다고 가만히 기다리는 건 우리 수색조에 걸맞은 일은 아니지. 오늘 밤에 움직인다."

“예?”

“우린 최대한 황보세가 가까이 접근해서 황보성과 황보소소의 거처만 확인한 후 되돌아온다.”

“확인만… 입니까?”

“그들의 거처를 확인하다 싸움이 있었고, 우린 정체를 들키지 않기 위해 전력을 잃을 수밖에 없었다. 불가피한 일이었다는 뜻이지. 내 말, 알아듣겠느냐?”

“……”

“돌아갈 구실만 있으면 된다. 두 남매를 죽이는 것은 병신이 된 천금장의 아들이 자객을 매수하는 거지. 물론 돌아가는 길에 잠깐 처리하면 그만이다.”

“오! 대단하십니다, 조장님!”

“쉿. 그렇게 요란 떨다가 낭인들에게 발각되면 골치 아프게 된다. 각자 흩어졌다 새벽에 다시 모인다. 해산.”

조장이란 자는 자신이 세운 계획이라서가 아니라 무척 흡족했다. 이런 식의 계획을 짜는 것은 하루 이틀에 되는 것이 아니었다.

수많은 싸움과 정찰의 반복에서 얻어지는 한줄기 섬광, 그것을 구체화시켜야 한다. 그는 그것이 가능한 잔머리를 타고났다.

그러나 그는 한 가지 사실을 잊고 있었다.

연락이 두절된 수색조들의 최후가 어떠했는지 전혀 생각

하지 않았다는 것이다.

바람에 실려 그의 목소리는 한 사람의 귀에 들어갔다. 눈을 감고 며칠째 들려오는 사람의 목소리를 찾고 있던 용악의 귀로.

'오늘 밤? 후후후. 구노가 또 짜증을 내겠군. 일단 저놈이 대장인 모양이니 살려는 둬야겠다.'

용악이 있는 곳은 수색조들과 이십여 장 떨어진 나무 위였다. 수색조들보다 더 높은 곳에 있으니 그들이 용악을 발견할 수 있을 리 없었다.

용악은 일단 밤까진 시간이 있으니 황보세가로 돌아가기로 했다. 물론 가는 길에 구징효를 만나야겠지만.

구징효는 잘 익은 오리 뒷다리를 잡아 뜯으려다 인상을 썼다. 그의 신경을 자극하는 예기가 느껴진 까닭이다.

"이런 빌어먹을……."

먹던 오리 뒷다리를 내팽개치고 밖으로 나갔다.

낭인들이 화들짝 놀라 이유를 물었으나 대답해 줄 수 있는 상황도 아니고, 그럴 필요도 전혀 느끼지 못하는 구징효였다.

낭인들의 거처를 빠져나온 구징효는 인상을 쓰며 예기를 쫓아 나무 위를 내달렸다.

"왔나, 구노."

"으랏!"

구징효는 갑자기 들려온 음성에 하마터면 발을 헛디딜 뻔하다 몸을 이리저리 흔들어 겨우 균형을 잡았다.

구징효를 부른 사람은 용악이었다.

"젠장! 또 뭐!"

"왜 짜증부터 내지? 내가 하라고 한 일이야? 구노가 알아서 한 일이잖아."

용악의 말투는 언제 들어도 구징효를 열받게 만들기에 충분할 정도로 건방졌다.

"이젠 아예 맞먹으려고 드는구나."

"원래 말투가 이래."

"킁. 근데 촌장 늙은이와 말할 때는 왜 그러는데?"

"그분은 황보세가를 보살펴 주셨잖아."

"그게 너하고 무슨 상관인데?"

"상관있어. 그건 그렇고, 오늘 밤에 시간 좀 내야겠어, 구노."

"오, 오늘 밤? 시간을 내라고? 온종일 뛰어다니게 하고 이젠 밤까지 부려먹겠다? 하루하루 몸보신하며 버티는 내게 그게 할 소리냐!"

구징효가 악을 쓰며 소리쳤다.

"귀청 떨어지겠네. 오늘 밤만 도와줘. 이제 다 된 것 같으니까."

용악은 귀를 막는 시늉을 하면서도 할 말을 끝냈다.

"다 돼? 뭐가?"

"놈들의 숫자가 많이 줄었어. 살피는 거야 구노 부하들도 할 수 있는 일이잖아."

"그놈들이 뭘 할 줄 안다고?"

"모르면 구노가 가르쳐."

"큭. 내 무공이 삼류 무공처럼 보이냐? 무쌍권은 아무나 익힐 수 있는 무공이 아니야."

용악은 건방진 것도 모자라 아예 상관처럼 굴고 있었다. 당연히 구징효로선 으르렁거릴 수밖에.

구징효는 삐딱한 눈으로 용악을 노려보다 외면했다.

"그래서? 아무나 익힐 수 없는 무공이라 그렇게 열심히 가르쳤나?"

"뭐? 내, 내가 누굴 가르친다는 게냐?"

구징효는 이미 낭인들에게 무쌍권의 기본 중의 기본인 외공을 훈련시키고 있었다. 기본이라고 해도 그 효과는 대단해서, 기를 운용하여 피부를 단단하게 만드는 외공이었다.

"당황하긴. 피곤한 이유가 따로 있을 거라 생각하고 한 말인데… 정말 훈련을 시키는 모양이네?"

'큭. 얄미운 놈. 다 알고 있었으면서.'

구징효는 천재지변이 일어나도 눈 하나 깜빡하지 않을 용악의 표정을 노려보며 이를 갈았다.

"너무 잘 가르치진 말고. 구노 같은 사람이 한 명 더 있으면 곤란하니까.”

“응? 나… 같은 사람? 그게 무슨 뜻이냐?”

구징효의 표정이 갑자기 밝아졌다.

뭔가를 기대하게 만드는 말인 까닭이다.

“뭐긴, 말 많은 사람이 한 명 더 늘어나면 곤란하다는 뜻이지.”

“마, 말 많은… 큭!”

용악은 구징효의 은근한 기대를 한 방에 잠재우고는 나무에서 등을 뗐다.

“놈들이 오늘 밤에 움직일 모양이야. 내가 대장을 잡을 테니까 구노는 부하들과 놈들이 마을로 들어가지 못하게 해 줘.”

“……”

“싫어? 싫으면 알아서 해.”

“……?”

구징효는 용악이 순순히 물러서자 의심스러운 눈으로 쳐다봤다. 아니나 다를까, 막 움직이려던 용악이 멈춰 서며 구징효를 돌아봤다.

“목숨? 훗.”

용악은 가벼운 코웃음을 남기고 구징효가 대답도 하기 전에 곧장 허공으로 솟구쳤다.

“모, 목숨? 훗? 그, 그… 나를 비웃은 거냐, 지금? 이놈아,

이리 내려와! 크아아아!"

이마에 핏대를 세우며 고래고래 소리를 질러봐야 용악은 사라진 후였다. 구정효를 한순간에 달아오르게 하는 방법을 용악은 너무 쉽게 간파하고 있었다.

쾅!

우직!

구정효의 발에 실린 힘을 견디지 못하고 어른 허벅지만큼 두꺼운 나뭇가지가 부러졌다.

구정효는 피할 생각도 하지 않고 그대로 바닥에 곤두박질쳤다. 그리고는 그 상태로 두 주먹을 움켜쥐며 부르르 떨었다.

"내가 앞으로 싸울 때 입을 열면… 사람이 아니다! 으아아아!"

"용 소협, 계세요?"

헛간 앞에 선 황보소소는 망설이다 안을 들여다보려 고개를 내밀기까지 했다.

"또 안 계신 건가……."

불 꺼진 헛간 안에서는 기척이 없었다.

어쩔 수 없이 돌아서며 안으로 향하려 했다.

"가시게요?"

"어머!"

황보소소는 갑작스런 용악의 목소리에 화들짝 놀라 뒤로
넘어질 뻔했다.

"괜찮아요?"

"예? 예, 예."

"어쩐 일로 저녁이 다 된 시간에."

"아… 그게… 며칠 동안… 그러니까… 그날 이후 뵌 적이
없어서 감사하다는 인사도… 아! 아침에는 안 계셔서…….."

황보소소는 평소의 그녀답지 않게 횡설수설했다. 용악을
보면 하고 싶은 말들이 있었는데 당황해서인지 준비한 말이
생각나지 않았다.

"하하하, 괜찮아요. 당연한 일을 한 것뿐인데요, 뭐."

"당치도 않으세요."

"너무 신경 쓰지 마세요. 가주님 건강은 어때요?"

용악은 황보소소의 얼굴에 웃음이 나타날 것을 짐작하고
있었다.

매일 새벽, 황보성이 깨기 전에 몸 상태를 점검하고 기가
막혀 있는 곳이 있으면 풀어주고 나오곤 했기 때문이다.

황보성이 건강을 되찾으면 가장 기뻐할 사람은 황보소소
고, 그럼 용악 역시 기분이 좋아질 것이기 때문이다.

지금은 단지 황보성의 기를 풀어주는 정도에 그치고 있지
만, 수색조 퇴치 작업만 끝나면 의원을 만나 약재를 구입할
생각까지 한 상태였다.

"마음이 편해지니까 몸도 편해지나 봐요. 잔기침도 없고 너무 건강히 지내고 있어요."

"하하하, 잘됐네요. 앞으론 더 나아지실 겁니다. 물론 몸도 완쾌될 거구요."

"그래야지요. 이런, 또… 인사가 늦었지만, 그날 도와주셔서 정말 감사드려요. 용 소협이 아니었으면 끔찍한 일을 겪을 뻔했어요."

"안 그러서도 돼요. 자꾸 그러시면 오히려 제가 더 미안해지잖아요. 은혜 갚겠다고 식객을 자처하고는 자리를 비워서……."

"마, 말도 안 돼요. 그게 어떻게 용 소협의 잘못이에요? 그런 생각은 하지도 마세요. 아셨죠?"

"알겠습니다. 저도 그런 생각 안 할 테니 황보 소저도 더 이상 그 문제에 대해선 잊어주세요. 어때요?"

"알았어요."

"그럼 이제 아무 문제 없는 거죠? 하하하!"

용악이 호탕한 웃음을 터뜨리자 황보소소도 함께 웃었다.

"아! 촌장님께 들었어요. 마을 일까지 도와주신다면서요?"

'아차! 장작!'

용악은 황보소소의 '마을 일'이란 말을 듣는 순간 뒤통수를 망치고 호되게 얻어맞은 표정이 됐다. 촌장이 달려들며 왜 장작을 안 날랐는지 추궁할 게 뻔하기 때문이다.

용악이 곤란한 표정을 짓자, 황보소소는 용악이 쑥스러워하는 것이라 여기고 웃기만 했다.

'신기하지? 어째서 용 소협과 얘기를 하면 마음이 편한 거지?'

황보소소는 한 사람을 제외하고는 지금처럼 편한 기분을 느껴본 적이 없었다.

열두세 살 즈음에 몇몇 세가의 회동으로 만나게 된 소년, 남궁현.

낯선 곳을 재미있는 곳으로 만들어준 소년이었다.

다음엔 더 재미있게 해주겠다며 약속까지 해주던.

그런 소년, 아니, 지금은 청년이 안휘성에 있다고 했다.

'가보고는 싶다.'

바람으로 끝날 일이란 걸 알지만 그렇기에 지금은 어떤 모습일지 자꾸만 생각났다.

'황보 소저… 갑자기 왜 저렇게 좋아하지?'

용악은 조금 전과 완전히 달라진 황보소소의 표정에 의아해졌으나, 당장 중요한 것은 따로 있었다. 언제 헛간으로 들이닥칠지 모르는 촌장을 피해 있는 것.

틱.

나뭇가지 부러지는 소리에 수색조 조장의 눈이 번뜩 떠졌다. 근방에 있는 부하는 셋. 그중 한 명은 그의 곁에 있었고 나머지 둘은 저런 식의 실수를 범하지 않는다.

삐이—!

조장이 날카로운 휘파람 소리를 냈다.

두 명의 수색조가 빠르게 다가왔다.

"무슨 일입니까, 조장님?"

"아무 소리 듣지 못했느냐?"

"못 들었습니다."

'나만 들었다고? 곧 움직일 시간이라 신경이 예민해진 건가?'

조장은 세 사람을 신뢰했다. 그들을 직접 가르친 사람이 그이기 때문이다.

"알았다. 이제 다들 움직이… 헉!"

쿵. 쿵.

방금까지 대답했던 두 명의 부하가 낮춘 자세 그대로 나무 아래로 추락했다.

"피해!"

조장이 소리치며 아직 당하지 않은 부하를 잡아채 뒤로 던졌다.

"……!"

내던진 부하의 몸이 무거웠다.

회전시킨 힘을 이용해 더 멀리 도약해야 하는데, 깃털처럼 가벼워야 하는데, 부하는 시체라도 된 것처럼 무겁게 손에서 떠났다.

쿵.

또다시 바닥에서 들려온 음향.

"……!"

조장은 빠르게 눈동자를 굴리며 손을 허리로 가져갔다. 모든 신경을 귀로 집중시키며 소리를 기다렸다.

'어떤 소리든 들리기만 하면 된다.'

허리에 찬 비도가 귀에 들린 목표에 도달하는 시간은 찰나에 불과했다. 그는 비도에 자신이 있었다. 어둠이란 특별한 조건까지 갖춘 상태라면 더욱더.

툭.

등에 무언가 닿았다. 나무라 생각한 조장은 안심한 표정으로 전방을 주시했다. 자세는 고양이 등처럼 만들어 언제든 손쓸 준비를 끝냈다.

"누군지 몰라도 네놈은 실수했다. 나를 제일 먼저 노렸어야 해."

그때, 조장의 머리 위에서 낯선 음성이 들렸다.

"넷 다 비슷비슷해서 말이지."

"……!"

조장은 머리칼이 죄다 거꾸로 서는 것 같았다.

곧바로 허리를 숙였고, 몸을 뒤틀어 손에 쥐어진 비도를 날렸다.

“큭!”

그것은 어디까지나 조장의 생각이었다.

용악의 이화유능제에 의해 당한 어깨는 그의 명령과 무관하게 헛돌았고, 목은 너무 힘을 주어 뒤로 돌아간 상태였다. 기묘한 몸 상태가 된 조장이 그대로 바닥으로 떨어졌다.

“무리하는군.”

다행히 바닥에 떨어지기 전에 용악이 받아주었다.

“누, 누구……?”

“보고도 몰라? 네 부하 몇 명을 나무에서 떨어뜨린 사람이다.”

‘나, 나무에서? 그, 그럼 연락이 두절됐던 녀석들을 이, 이 자가…….’

조장의 눈이 곧이라도 튀어나올 것처럼 툭 불거졌다.

그 역시 용악이 받아주지 않았다면 목숨을 부지할 수 있을 거라 장담할 수 없었다.

“잘 들어. 나는 너를 살려준다. 돌아가서 네 주인에게 내 말을 전해, 내가 곧 찾아간다고. 황보세가에 한 짓보다 몇 배로 돌려주러 간다고. 알았나?”

용악의 목소리엔 억양이 없었다.

말을 마친 용악은 조장의 몸을 풀어주었다.

“이, 이름이 뭐냐……?”

“용악. 너무 기다리지 않게 할 테니까 또다시 사람을 보낼 필요는 없어. 와봐야 네 부하들 신세를 못 면할 테니.”

　꿀꺽.

　조장은 등 뒤에서 들려오는 용악의 목소리에 전신에 소름이 돋았다. 손가락 하나로 그를 죽일 수 있는 고수가 뒤에 있었다.

　“…….”

　눈 몇 번 깜빡일 동안의 시간이 흘렀다.

　이미 조장의 전신은 땀으로 흥건했다.

　마른침을 삼키고 눈을 쉴 새 없이 굴려댔다.

　“내, 내가…….”

　말을 멈추고 용악의 전율스런 목소리를 기다렸다.

　그러나 뒤에선 아무 소리도 나지 않았다.

　조장은 슬그머니 고개를 뒤로 돌렸다.

　“저, 정말 갔다.”

　조장은 아무도 없는 것을 확인하고 엉금엉금 기어서 나무를 잡고 일어섰다. 사시나무 떨 듯이 떨어대는 다리 때문에 제대로 서 있기도 힘든 상태였다.

　‘나를 이렇게 가지고 놀 정도의 고수라면 수색조 전원은 전멸이다. 빠, 빨리 돌아가 전해야 한다. 천금장에서 연락이 끊긴 네 무장도 방금 전의 그자에게 당한 것이 분명하다.’

　조장은 머릿속으로는 수없이 많은 생각이 오갔다.

　그러나 결론은 오직 하나였다.

'최대한 빨리 벗어나야 한다!'

일류고수인 그를 어린애처럼 다룬 괴인.

끝까지 그의 얼굴을 확인할 생각도 못했다.

그만큼 용악의 목소리는 공포스러웠다.

*   *   *

쾅!

"또!"

구징효는 열두 번째 주먹을 날리고서야 숨을 골랐다.

낭인들은 설명 한마디 없이 무작정 수상한 자를 패대기치는 구징효를 보고 잔뜩 겁먹은 얼굴이 됐다.

저녁 식사가 끝나고 휴식을 취하려는 순간, 구징효가 험악한 표정으로 들이닥쳐 낭인들을 집합시킨 후 지금까지 끌고 다니고 있었다.

이상한 것은 평소엔 하루 한 명도 잘 잡히지 않던 수상한 자들이 무려 열두 명이나 발견된 것이다.

구징효의 비위를 거스르지 않기 위해 바짝 긴장하긴 했지만 열두 명이나 발견했다는 것에 놀라고 있었다.

"더는 발견하지 못했습니다. 만약 황보세가로 들어간 자가 있다면 연락이 올 겁니다."

"큭. 만약? 지금 만약이라고 했느냐?"

"호, 혹시나 해서……"

"내일부터는 훈련의 강도를 높여야겠다. 그래야 만약이란 허접한 대답 따위를 안 하지. 한 번만 더 그딴 식의 대답을 하면 너부터 친히 이 주먹을 먹여주마."

구징효의 엄포에 보고하던 교묵이 화들짝 놀라 뒤로 물러섰다. 낭인들을 대표해서 나서야 하는 입장인 그로서는 죽음의 선포나 다름 아니었다.

"젠장! 말을 또 너무 많이 했다. 빌어먹을!"

구징효는 습관적으로 말이 나오자 입술을 때려대며 욕을 퍼붓기 시작했다.

눈앞에 용악이 있었다면 무슨 꼬투리를 잡았을지 생각만 해도 짜증이 났기 때문이다.

"다 끝났군."

구징효에게 익숙한 목소리였으나 낭인들에겐 잊을 수 없는 목소리였다.

낭인들까지 일제히 동작을 멈췄다.

떼로 덤볐다가 떼로 기절당한 경험이 있는 낭인들에게 용악은 사신(死神)이나 마찬가지였다.

"왜?"

구징효가 용악을 보며 대뜸 물었다.

"부탁한 일 때문이지, 왜겠소?"

'응?

구징효는 용악의 말투에 한쪽 눈썹을 치뜬 채로 쳐다봤다. 평소와 달리 평어를 사용하지 않은 까닭이다.

용악은 이상한 눈으로 바라보는 구징효를 뒤로하고 쓰러진 자에게 다가갔다.

낭인들이 일제히 이 보 뒤로 물러서서 용악이 편하게 볼 수 있도록 했다.

쓰러진 자의 상태를 확인하고서야 용악은 담담한 미소를 지었다.

으르렁거리던 구징효의 인상도 그때 풀렸다.

"다 된 게냐?"

"일단은."

"큭. 무게 잡기는. 평상시대로 해."

"신세졌소. 구노가 아니었으면 세가 사람들 모르게 처리하기 힘들었을 텐데."

'큼. 이 녀석이 왜 이러지?'

구징효는 정중해진 용악의 말투와 행동에 잔뜩 긴장해서 주의를 늦추지 않았다.

"내일이나 모레쯤 세가에서 봅시다."

"세가? 내가 왜?"

"어차피 해결해야 할 일, 빨리 해결합시다."

"해결할 일? 이놈들 말고 또 있는 거냐?"

"태산을 떠났다면 몰라도 황보세가와 가까이 지내면서 사과도 하지 않겠다는 거요?”

“사, 사과?”

“황보 소저에게 사과는 해야 할 것 아니오?”

“화, 황보 소저……..”

구징효의 얼굴이 붉어졌다.

황보소소의 납치 사건만 생각하면 지금도 얼굴이 화끈거리는 그였다. 하지만 용악에게 자존심 상하는 말까지 들어야할 정도는 아니었다.

“큭. 이젠 별것까지 다……. 그건 내 문제니 내가 알아서한다.”

“모레 아침까지요.”

“안 가!”

구징효가 용악의 말이 끝나기가 무섭게 소리쳤다.

용악은 그 모습을 보고 도저히 떠날 수 없는지 손가락으로이마를 긁으며 다가왔다.

“반년은 긴 시간이요, 구노. 우연히 가주님과 황보 소저가구노가 근처에 있다는 걸 알고 불안해하면 내가 어떻게 할 것같소?”

“……..”

대화는 끊어졌다.

구징효는 용악에 대해 잘 모르지만 한 가지는 분명히 알고있었다.

'저놈, 진심이다. 정말로 뭐든 할 생각이야. 도대체 저 나이에 어떻게 저런 기도를 풍길 수 있는 거야? 어디서 자라야 저런 괴물이 되는 건데? 젠장!'

구징효는 용악의 담담한 얼굴에 주먹을 날리고 싶었으나 결국은 실행에 옮기지 못했다.

황보소소 납치 사건과 관련해서는 분명 구징효 스스로도 잘못을 인정하고 있는 부분이기 때문이다.

'좋은 사람이야.'

용악은 구징효의 갈등하는 모습에 픽 웃고는 황보세가를 향해 움직였다.

돌아선 입가엔 웃음이 감돌았다.

모레까지 구징효는 올 것이다.

第八章
새로운 식객

천산마제

지름이 십여 장은 될 것 같은 정자 안.

스물셋 정도로 보이는 청년이 심혈을 기울여 붓을 놀리고 있었다.

"데려간 수색조는 전멸했고 저만 간신히⋯⋯."

용악이 살려준 수색조 조장이 고개를 숙였다.

"현수, 그 계집에게 들어간 비용이 얼마지?"

청년의 목소리는 얇은 것이 아니라 잘 벼린 칼날처럼 날카로웠다.

조장의 옆에 시립하고 있던 강직한 외모의 청년이 소매에서 두루마리를 꺼내 읽기 시작했다.

"구 년 전, 당시 황보 가주를 유인하기 위해 만든 패혈신마(覇血神魔)로 황금 오십 냥. 칠 년 전, 황보 형제를 밖으로 나오게 하기 위해 들어간 금액이 황금 칠십 냥. 이 년 전, 천금장을 세우는 데 들어간 황금 오십 냥. 총 황금 백칠십 냥입니다."

현수라 불린 사내의 낮고 잔잔한 음성의 보고가 끝났다.

황금 한 냥이면 웬만한 작은 문파가 일 년 동안 놀고먹을 수 있는 액수였다.

'화, 황금 백칠십… 냥?'

조장은 천문학적인 액수에 혀를 내두르는 동시에 그런 기밀 사항을 정자 안의 청년이 왜 들려주는지 이해를 할 수 없어 의아해졌다.

"내 나이 열다섯 살이었다."

정자 안에서 다시 날카로운 음성이 흘러나왔다.

"아버님께선 그 계집애에게 혁련세가의 빛나는 지혜가 될 휘지(輝智)라고 친히 소개해 주셨다. 혁련세가의 가주께서 직접! '황보소소예요', 이게 그 계집애의 대답이었다. 말이 돼? 겨우 손바닥만 한 땅에 살면서 감히 혁련세가의 차기 가주가 될 내게 그따위로 소개를 해? 남궁현 그 개자식 때문이야. 생글생글. 개자식. 그 계집애가 예쁘니까 생글생글. 그 뒤로 내게는 한마디 말도 안 걸면서 둘이 신나서 '깔깔깔, 호호호' 잘도 재잘대더군."

꿀꺽.

조장은 으스스한 기분을 느끼며 뭔가 잘못됐다는 것을 예감했다. 저따위 시시콜콜한 얘기는 그에게 중요하지 않았다.

'평소의 소가주님이 아니시다.'

"잘 듣는 게 좋아. 네가 한 잘못은 알아야지."

현수가 나직한 목소리로 조장이 다른 생각을 못하게 막았다.

혁련휘지의 말은 계속됐다.

"그건 그 계집애를 키운 아비의 잘못이야. 잘못 키웠으면 대가를 치러야지. 그렇지 않느냐, 현수? 그러다 생각이 났어, 그런 아비에게서 자란 아들들이 멀쩡할 리 없다고. 얼마나 잘났는지 보려고 시험을 좀 했지. 킥킥킥. 오대세가가 연합해서 마두 하나를 죽이는 아주 간단한 일이었어. 물론 마두는 없었고. 그렇게 해서 남은 건 그 계집애 오빠 하나인데… 그냥 죽이는 게 재미없어졌어. 독, 아주 오래가는 녹고삼으로 죽이기로 했다."

'들어선 안 되는 얘기를 듣고 말았다.'

조장은 혁련휘지의 얘기를 듣고 있는 귀를 뽑아버리고 싶었다. 하지만 현수에 의해 제압된 몸은 말을 듣지 않았고, 혁련휘지의 목소리는 더욱 또렷하게 들렸다.

"이제 네가 뭘 잘못했는지 알겠지? 무려 구 년에 걸친 내 계획을 네까짓 것이 망쳤단 말이다!"

좌아아아—!

혁련휘지의 목소리가 사방으로 퍼지며 연못에 거대한 파도가 일어났다.

'커윽! 어, 엄청난 내공! 으아아아!'

고함을 지르고 싶어도 조장은 입을 열 수가 없었다.

"이래서 하급 무장들을 쓰는 게 아니었어."

혁련휘지의 말이 끝나기가 무섭게 현수의 소매가 번쩍이더니 조장의 목에 혈선이 그어졌다. 조장의 부릅뜬 눈이 현수를 향했으나 이미 숨통이 끊어진 상태라 그대로 굳어지고 말았다.

"현수, 네가 나서야겠다."

"알겠습니다."

현수는 무엇을 해야 할지 잘 알고 있었다.

"아니, 아니. 죽이라는 게 아니라, 이번 십이용봉대회에 꼭 참석하게 만들라는 말이다."

"……"

"방법이 생각나지 않으면 그 계집애 아비가 어떻게 죽었는지 알려주겠다고 하든지… 아니다, 내가 써주마."

"그 일만 처리하면 됩니까?"

"기를 쓰고 올 계집의 얼굴이 생각나. 응? 아! 물론 그것도 함께 처리를 해야지."

"알겠습니다."

"근데 말이다, 과연 이번에도 그 계집애가 나를 모욕할 수 있을까? 생각만 해도 기분이 좋아진단 말이지. 그년과 죽이 잘 맞았던 남궁현 그 개자식을 내가 어떻게 다루는지 보여줄 거거든. 킥킥킥."

혁련휘지는 말끔한 표정과 달리 음침한 눈빛으로 정자 밖에 떠 있는 달을 바라봤다.

더 쉬운 방법도 있었고 빨리 끝내는 방법도 있었다. 하나, 오래 걸려도 완벽하게 처리하는 쪽이 혁련휘지의 성정에 맞았다. 처리를 한 후에 오는 쾌감만 생각하면 온몸이 짜릿해지기 때문이다.

"그나저나 무쌍권이 하급 무장들을 처리했다고? 제법이야. 현수, 무쌍권은 굳이 죽일 필요 없다. 그 계집애를 데려올 사람도 있어야 하니까. 킥킥. 그래, 꿈틀대기도 해야 짓밟는 사람으로서 재미가 생기지."

혁련휘지의 눈에서 살기가 이글거렸다.

첫눈에 반한 소녀가 혁련세가의 장남은 무시하면서 남궁세가의 보잘것없는 녀석과는 잘도 어울렸다. 당연히 그에 상응하는 벌을 준비했고, 이제 거의 막바지에 다다른 상황이었다.

"용 소협, 안에 계세요?"

"…예."

지난 며칠간 그렇게 두드려도 대답없던 목소리가 들려왔
다.
헛간 문이 열리며 웃는 얼굴의 용악이 나왔다.
"계셨네요."
"저야 항상 있죠."
"피. 점심때 시간 되세요?"
"점심이요? 당연히 있죠. 안 그래도 가주님을 뵈려고 했는
데 잘됐네요."
"오빠를요?"
"소개할 사람이 있어서… 아! 그 사람도 데려가면 안 될까
요?"
"누구신지……. 제가 모르는 분인가요?"
"소저도 아는 사람이에요."
"누군데요?"
황보소소가 어리둥절한 표정으로 쳐다볼 때, 용악이 한쪽
을 돌아보며 손짓했다.
"구노, 왔으면 왔다고 해야지."
"구… 노?"
황보소소의 시선이 용악을 따라갔다. 하나 그곳엔 아무도
없었다.
"아무도 없……."
"잘 지냈소, 소저?"

"어머나!"

황보소소가 갑자기 다가온 낯선 목소리에 깜짝 놀라 용악에게 달려갔다.

다가오는 사람의 얼굴에 긴 검상 자국이 보였고, 터질 듯 근육이 튀어나와 있었다.

"꺅!"

구정효를 본 황보소소는 비명을 질렀다.

재빨리 용악의 뒤로 숨으며 몸을 떨었다.

"용 소협, 저 사람이에요. 저 사람이 저를 납치한 자들의……."

"큭. 소저, 그날 봐서 알잖소. 나는 오히려……."

구정효가 뭐라고 변명을 하려 하자 용악이 손을 들어 제지시켰다.

"구노는 사과드리러 온 겁니다. 인상이 좀 그렇지 나쁜 사람은 아니에요."

"……."

"가주님과 황보 소저에게 사과하러 오고 싶다고 하는데 그러지 말라고 하긴 뭐하잖아요. 자리를 마련하겠다고, 오라고 했어요."

"……."

황보소소는 용악의 옷자락을 꼭 쥔 채 이렇다 할 대답을 하지 않았다.

‘의지가 되는 건가?

용악은 툴썩 웃음이 나왔다.

황보소소가 뒤쪽에서 용악의 옷자락을 잡고 놓지 않고 있었다. 나쁘지 않았다.

‘큭. 이 닭살스러운 상황… 뭐냐?

구징효는 눈앞에서 벌어지는 젊은것들의 애정행각에 적잖이 당황했다. 적어도 그의 눈에는 그렇게 보였다.

‘이것 때문에 날 부른 거냐?

사과는 용악 때문이 아니라도 하려고 했다. 어차피 할 것이라면 용악의 말대로 하는 것도 나쁘지 않다고 여기고 찾아온 것이다.

“다… 했으면 이젠 얼굴 좀 보여주시오, 소저? 어차피 저놈이 있는 이상, 소저를 귀찮게 할 수 있는 자는 없을 테니.”

“하하하, 구노는 농담도. 자, 들어갑시다. 가주님께서도 기다리고 계시니까.”

“…….”

구징효는 자신이 알고 있는 용악과 눈앞에 있는 젊은이가 같은 인물인지 잠시 헛갈려야 했다.

“계속 볼 사이인데 오해는 풀어야지요.”

용악이 급기야는 존댓말까지 썼다.

“크큭. 한 번은 속아도 두 번은 안 속는다. 무슨 속셈인지 밝히지 않으면 나는 여기서 한 발자국도 움직이지 않겠다.”

"속셈? 그런 것 없어요."

"근데 왜 존대야?"

"나이 많은 사람에게 당연히 존대를 해야죠."

"지금까진 안 그랬잖아."

"하하하! 그런 말 하지 마세요. 황보 소저가 믿을까 걱정되네요. 그만하고 들어가요, 구노."

'뭔가 있어. 이놈이 이렇게 살갑게 구는 데에는 이유가 있어.'

구징효는 불안함을 떨치지 못하면서도 어느새 용악이 이끄는 대로 안으로 들어가고 있었다.

"가주님, 구노가 사과하러 왔답니다."

용악은 구징효를 돌아보며 말을 하라는 눈짓을 보냈다.

"…큼. 그러니까 내가……."

구징효는 더운지 말을 멈추고 소매로 이마를 훔쳤다.

왜 여기서 진땀을 흘리고 있는지, 왜 용악의 강요에 못 이겨 사과를 해야 하는지, 훨씬 어린 가주란 녀석의 병든 얼굴을 똑바로 보질 못하는지.

수많은 생각이 구징효의 머릿속을 지나가고 있었다.

무쌍문에 있을 때나 낭인들과 함께 지낼 때나 이런 난처한 경우는 없었다. 모두 떠받들어 주기에 바빴지 누구 한 사람도 구징효에게 강요한 적이 없기 때문이다.

"…의도는 없었소, 가주. 그저 가만히 있기만 하라는 약조만 하고… 큼. 사실, 이런 말을 하는 건 내겐 무척 어려운 일이라……. 아! 내 이름은 구정효라 하오. 그래서… 어디까지 얘기했더라……."

"사과하는 게 어렵다고 했습니다."

용악이 끼어들었다.

구정효는 용악이 자신에게 말을 높인 줄 알고 헛기침까지 발하며 좋아했다.

"큼큼. 얘기가 잠깐 샜는데… 가주와 황보 소저에게 진심으로 사과하겠소."

험상궂게 생긴 것과 다르게 쩔쩔매는 구정효의 모습은 황보성과 황보소소를 안심시키기에 충분했다.

"소소야?"

황보성이 황보소소에게 먼저 물었다.

"저는 용 소협의 뜻에 따를게요. 구 대협을 이곳까지 모시고 왔을 때는 믿어도 좋은 분이라 뜻이잖아요. 앞으로 잘 부탁드릴게요."

"저 역시 소소와 같습니다."

황보 남매가 모두 사과를 받아들이겠다는 뜻이었다.

용악이 기대했던 것보다 세 사람의 화해는 쉽게 이루어졌다.

"역시 구노를 초대하길 잘했네요. 이왕 이렇게 된 것… 가주님, 한 가지 더 청을 드려도 될까요?"

"한 가지 더요?"

"구노를……."

"구노요?"

"아! 그냥 봐도 알겠지만 구노가 저보다 나이가 많아요. 그래서 그렇게 부르기로 했습니다."

"아!"

황보성이 감탄한 표정으로 용악을 쳐다봤다.

성씨 뒤에 노(老) 자를 붙일 정도의 친분이 두 사람 사이에 있다는 의미이기 때문이다.

"큭. 내가? 내가 그렇게 부르게 했다고? 언제? 네가 마음대로 부른 거잖아!"

"구노가 별말없어서 그렇게 부르는 걸 좋아하는 줄 알았죠."

"그야… 니가 막… 야! 이런 순 날강도 같은!"

구징효는 억울함에 어쩔 줄을 몰라 의자에서 안절부절못했다.

"구노, 그만해요. 황보 소저 놀란 얼굴 안 보여요?"

아닌 게 아니라 구징효가 당장에라도 탁자를 뒤엎을 것처럼 소리를 지르자 황보소소가 겁에 질린 표정을 하고 있었다.

"이런 얘기까지는 안 하고 싶었는데… 사실 요 며칠 동안 황보세가를 감시하는 자들이 있었습니다."

용악이 재빨리 화제를 바꾸며 구징효를 조용하게 만들었다.

"예?"

황보성이 깜짝 놀라 반문했다.

"놀라실 건 없습니다. 구노가 대부분 처리했거든요."

"구 대협께서요?"

"황보 소저의 일 때문에 마음이 불편했던 모양이에요. 부하들을 풀어서 세가로 넘어오는 자들을 잡아들이더군요. 그걸 알고서 넘어갈 수가 있어야지요. 이런 자리를 마련하게 된 이유입니다."

"아! 감사를 드려야 할 사람은 저였군요. 감사드립니다, 구 대협. 잘하셨어요, 용 소협. 모르고 지나칠 뻔했습니다. 구 대협, 진심으로 감사드립니다."

황보성은 진심으로 고마움을 담아 포권을 취했다.

'이건 또 뭐냐.'

구징효는 자신의 의지와는 무관하게 흘러가는 상황에 다시 한 번 당황하고 말았다. 용악이 시키는 대로 했을 뿐인데 감사는 자신이 다 받고 있으니 불편할 수밖에 없었다.

"가주, 그게 어찌 된……."

"구노 덕분에 일단은 막긴 막았는데 그들이 쉽게 포기할 자들이 아니지요. 그나마 다행인 건, 당분간 구노가 부하들과 함께 황보세가의 외곽을 맡아주겠답니다. 그렇죠, 구노?"

"…내가?"

"기억 안 나요? 반년 정도……."

"아!"

반년이란 말이 나오자 구징효는 두 눈을 크게 뜨며 이를 악 다물었다. 그 약속을 이렇게 이용해 먹을 줄은 생각지도 못했다는 표정이었다.

"하하하! 모른 척할 필요 없어요, 구노."

"그, 그런 말을 하긴 했지……."

"구노, 이 기회에 황보세가의 식객으로 들어오는 게 어때요?"

"뭐? 시, 식객?"

구징효의 황당하다는 반응 정도로는 용악의 말을 막지 못했다. 용악은 대답도 하지 않고 황보성에게로 시선을 돌렸다.

"가주님, 마을에 빈집이 많던데 구노와 구노 부하들에게 쓰라고 내주시면 어때요?"

"빈집이라… 저야 상관은 없습니다만 구 대협께서 마음에 들어하실지……."

황보성은 용악이 강하게 밀어붙인 데다 딱히 거절할 명분도 없기에 허락을 하긴 했지만, 구징효의 표정을 보면 용악과 둘 사이에 뭔가 석연치 않은 점이 있는 것도 같아 말끝을 흐렸다.

"구노, 부하들하고 함께 들어와요. 가주님도 좋다고 하시잖아요."

"잠깐 나 좀 따로 보자."

구징효는 굳어진 목소리로 말을 한 후 자리에서 먼저 일어났다.

"감동했나?"

용악의 말에 황보소소는 웃었지만 황보성의 표정은 그리 밝지 못했다.

"이러는 이유가 뭐냐?"

구징효는 용악이 다가올 때까지 기다렸다가 진지하게 물었다.

"어떤 대답을 원해요?"

"네 진짜 속셈! 며칠 전 일도 그래. 네 실력이면 굳이 내 도움을 받을 필요도 없었어. 왜 그렇게 나를 못살게 구는 거냐? 왜!"

"후후후, 왜가 어디 있어요. 한 번 한 약속은 반드시 지키는 신의있는 사람이라 추천한 것뿐인데. 그런 사람 찾기 쉽지 않거든요. 황보세가 외곽을 맡아줘요."

"나는 혼자가 좋다."

"그럴 리가요. 다른 건 몰라도 싸움은 많이 했어요. 이젠 척 보면 그 사람의 싸우는 방식을 알 수 있죠. 내가 볼 때 구노는 혼자 싸우는 사람은 아니에요. 전세를 읽는다고 해야 하나? 언제 싸워야 할지를 안다는 거죠. 그런 사람이 혼자인 게 좋다고요? 부하들을 버리지도 못하는 사람이? 하하하!"

"잘못 봤다."

강한 부정은 곧 긍정이란 것을 구징효는 모르고 있는 것 같았다. 용악의 눈썰미가 맞는다는 것을 알면서도 인정하기 싫은 것이다.

"얘기 하나만 더 들어요."

용악은 잠시 말을 멈췄다가 마음의 결정을 내렸는지 다시 입을 열었다.

"얼마 전에 혁련세가란 곳을 찾아가려 했어요. 물론 황보세가에 한 짓을 그대로 돌려주려고 했죠. 한데, 산을 내려가는 길에 수상한 자들을 발견한 거예요. 살피기만 하고 공격은 하지 않는. 그들을 두고 차마 황보세가를 떠날 수가 없더라구요. 세가가 곤란해질 게 뻔한데. 그럴 때 구노가 찾아온 거예요."

"그랬구나……."

구징효는 자신도 모르게 고개를 끄덕였다.

용악이 결정을 미뤄야 했던 상황과 황보세가를 위하는 마음이 제대로 전달된 까닭이다.

구징효에게도 하루에 몇 번씩 찾아가고 싶은 곳이 있기에 용악의 말이 이해가 됐다.

"크흠. 알았다. 더 이상 말하지 않아도 된다."

“맡아주는 거예요?”

“단, 두 가지 조건이 있다.”

“조건이요?”

“앞으로 나를 ‘구 대협’ 이라고 불러라. 무공 좀 세다고 함부로 말하고 말이지…… 큭. 또 내가 하는 일에 이래라저래라 참견하지 마라. 이 두 가지를 지킬 수 있겠느냐?”

“구노, 구노, 구노. 듣기 좋지 않아요?”

“어떤 놈이 겨우 마흔아홉에 노(老) 자를 붙이냐! 그 소리 때문에 마음이 얼마나 상하… 큼. 아무튼 지킬 수 있겠냐!”

“흠. 둘 다 들어주기 싫지만, 하나만 해요.”

“뭐? 그럼 안 해.”

“…진짜죠?”

용악의 눈빛이 살벌하게 변했다.

구징효는 그 눈빛에 속으로 뜨끔했으나 유리할 때 확실히 밀고 나가야 한다는 고금의 진리를 따르기로 했다.

“마, 마음대로 해봐. 큼. 나야 아쉬울 것 없다.”

“잘 생각해야 할 거예요.”

톡톡.

용악은 이마를 두드리며 말투와 표정을 바꿨다.

구징효와 제갈기를 동시에 멈추게 만들었던 용악이 거기에 있었다.

‘목마른 놈이 우물 파는 거다.’

구징효는 지지 않고 용악의 눈을 마주 쳐다봤다.

그러나 용악이 과연 목마른 놈일까? 괜히 건드려서 화를 자초하는 건 아닐까?

황보세가에 평생을 머무는 것도 아니고 반년 정도만 있으면 되는데 굳이 용악과 불편하게 지낼 필요는 없었다.

"알았다. 그냥 구노라고 불러."

"하하하, 잘 생각했어요. 황보세가의 두 번째 식객이 된 걸 축하해요."

"이게 잘한 거라고? 쿵. 나는 모르는데 너는 아는구나."

"탁월한 선택이에요. 자, 들어가요, 구노. 식객이 된 첫날은 가주님과 황보 소저와 식사를 해야 해요."

잘 벼린 칼날과 같은 예기를 뿌릴 줄도 알고, 사람을 이리저리 흔들 줄도 알고. 도대체 어떤 모습이 진짜 용악인지 헷갈릴 지경이었다.

"크크큭. 이것 참."

구징효는 자신도 모르게 따라서 웃었다.

'젠장, 왜 마음이 편해지고 지랄이냐. 아직도 혼자로 사는 것에 익숙해지지 못했다니, 한심하다. 그나저나 일단 하기로 했으니… 녀석들을 좀 더 단련시켜 볼까나……'

구징효는 앞서가는 용악을 신기한 눈으로 쳐다봤다.

나이는 서른도 안 된 용악에게서 노강호들에게서나 느껴지는 연륜이 느껴졌기 때문이다.

구정효가 황보세가의 두 번째 식객이 되기로 한 다음날부터 낭인들은 매일같이 초주검이 되어야 했다.

새벽에 일어나 훈련을 마친 뒤 점심은 산에서 해결하고, 저녁에는 이 교대로 나뉘어 황보세가 근방을 감시하는 데 시간을 다 보냈기 때문이다.

그들에게 있어서 염라대왕보다 무서운 구정효와 그런 구정효조차 피하기 바쁜 용악이 있는 공간이었다. 다른 생각 따위 할 여유가 없었다.

"우리가 왜 이렇게 해야 하는 거지? 헥헥… 에고, 죽겠다. 언제까지 해야 하는지 아냐?"

"나도 몰라. 구 대협께서 시키시니 하는 수밖에."

"그나저나 너, 제법이다? 헥헥… 얼마 전에는 겨우겨우 쫓아오더니."

"훅훅… 그렇게 때려대는데 체력이라고 별수있냐?"

"잠이나 실컷 자고 싶다."

"쓸데없는 소리 말고 어서 움직여. 늦으면 한 번 더 돌아야 해."

낭인들의 체력은 하루가 다르게 좋아지고 있었다.

확인할 때쯤이면 더 강하게, 견뎌내면 더 강하게.

이것이 구정효의 훈련 방침이었다.

처음에 구정효가 식객이 된다고 했을 때는 안 된다며 난리

치던 촌장과 마을 사람들이 시간이 지나면서 달라지기 시작
했다.

새벽 훈련을 마치면 마을의 논밭 일을 돕고, 오후에 시간이
남으면 장작까지 해오는 그들에게 마음이 열리지 않을 수가
없게 된 것이다.

물론 황보성과 황보소소의 설득이 컸다.

한 달쯤 지났을 때는 먹는 걸 잘 먹어야 한다며 밥 챙겨주
는 할머니부터 빨래를 해주는 아낙네까지 낭인들의 숙소를
찾았다.

남자들도 가만히 있을 수 없는지 장작이나 논밭 일은 낭인
들에게 시키지 않았다.

이 모든 것이 이루어진 시간은 불과 한 달이었다.

하나 한 달 동안 가장 큰 변화를 겪은 사람은 따로 있었다.

"길게… 짧게… 다시 짧게, 짧게… 길게……."

용악은 대건의 등에 손가락 하나를 댄 채 쉴 새 없이 명령
했다. 대건은 전신을 땀으로 목욕하면서도 거친 숨을 참으며
계속해서 사지를 휘둘렀다.

"느껴지나요, 대 위사?"

용악이 대건을 위사로 임명했다.

나중에 구징효가 훈련시킨 낭인들을 관리하기 위해서는
상징적으로라도 마을 사람 중 한 명이 필요했기 때문이다.

대건은 용악의 제안을 그 자리에서 받아들였고, 한 달째 개

인적인 수업을 받고 있었다.

"예! 용 소협께서 말씀하실 때마다 뱃속이 꿈틀거립니다."

"그 느낌을 잊지 마세요. 나중에는 혼자서 해내야 하니까."

"혼자서요?"

"그래야 마을 사람들을 지킬 수 있죠. 자, 다시 한 번 해봐요."

"힘을 쓰기 전에 꽸다가……."

용악은 대건의 단전에 이화유능제를 밀어 넣었다.

"힘을 쓰면서 풀어라."

밀어 넣었던 이화유능제를 풀어주며 대건의 의지에 맞게 퍼뜨려 주었다.

"후우……."

"잘했어요. 구노에게 외공을 전수받을 때도 이 느낌을 반복하는 것 잊지 마세요."

"알겠습니다!"

투철한 사명감을 가진 대건의 눈은 그 어느 때보다 의욕에 불타고 있었다.

용악은 아주 작은 불씨를 심어주었을 뿐이다.

대건의 근골을 바꾼다거나 대단한 무공을 전수하는 것이 아니라, 구징효의 무공을 조금 더 빨리 습득할 수 있도록 길을 제시해 준 것이다.

대건에겐 조금의 사심도 없기에 용악의 바람은 하루가 다르게 이루어지고 있었다.

"큭. 굳이 저 녀석을 가르치는 이유가 뭐냐?"

낭인들과 합류하기 위해 자리를 대건이 자리를 떠나자 구정효가 모습을 드러냈다.

"가르쳐요? 난 그런 적 없는데요?"

"그럼 한 달 내내 등에 붙어서 이래라저래라 하는 건 뭔데?"

"구노의 무공에 빨리 적응하라는… 일종의 격려죠."

"격려?"

"철랑대 사람들보다는 대위사 같은 사람이 있어야 마을 사람들이 안심을 해요. 의지가 되거든요."

"의지? 야, 어디 가?"

구정효는 한쪽 눈썹을 치켜 올리며 용악을 쳐다봤다.

지금까지 봐온 용악은 허튼소리를 하지 않았기 때문에 그냥 하는 말이 아니란 것을 직감한 까닭이다.

"만약을 대비하자는 거죠."

"큭. 이상한 소리 다 듣겠네? 저 녀석들을 훈련시키기는 하지만 그건 그저 경비나 서라는 뜻이지 싸우라는 의도는 아니야. 아니, 할 말로 일류고수라도 들이닥치면 어떻게 할 건데?"

"막아야죠."

“누가? 저들이?”

“예.”

“어떻게?”

“방법이 있어요. 잠시 따라와 보세요.”

용악이 구정효를 데려간 곳은 안채에서 멀지 않은 빈집이었다. 아니, 정확히는 쓸모없는 잡동사니를 모아놓은 창고였다.

“여기에 그 방법이 있다고?”

“마을 사람 중 누구도 무공을 익힌 사람이 없는 것이 이상해서 좀 들쑤시고 다니다 발견한 곳이에요.”

용악은 퀴퀴한 냄새 가득한 창고에서 무언가를 꺼내 구정효에게 건넸다.

“십방철익진(十方鐵翼陣), 죽방오절진(竹防五絶陣)… 뭐야, 이건 기관진식 아니야? 너, 진식까지 다룰 줄 아는 거야?”

“후후후. 당연한 것 아니에요? 제가 못하는 게 있으려고요.”

“……”

“하하하! 농담이에요. 진식에 대해선 전혀 몰라요. 단지 기관에 관한 내용이라 대충 짐작으로 읽어봤어요.”

“그랬더니?”

“마을 밖에 진들이 설치되어 있어요.”

“진이? 어디에? 나는 한 번도 못 봤는데?”

“그럴 거예요. 황보세가의 원래 영역과 지금은 많이 다르

니까요. 마을 입구에서 아래쪽으로 칠십여 장 내려가면 그곳
에 설치되어 있어요."

"킁. 그럼 소용없잖아."

"소용이 있죠. 진을 재설치할 수 있는 사람만 있으면요. 가
주님을 찾아가 상의했어요."

"호, 혹시……."

"가주님이 기관을 구성한 재료들만 있으면 현재의 지형에
맞게 재설치할 수 있는 설계도를 만들 수 있다고 하네요."

"정말? 가주가 그렇게 똑똑했어? 이야, 빼짝 말라서 몰랐
네. 그런 재주가 있을 줄이야."

"조금씩 예전으로 돌아가는 거죠. 황보세가가 곧 그렇게
될 것처럼요."

용악은 구정효에게 했던 말을 황보성에게 전할 때를 떠올
리며 웃었다.

황보성의 기관진식에 대한 조예는 상당한 경지에 올라 있
어서 기관의 이름만 듣고도 어디를 수정하고, 어느 방위를 없
애야 재정비할 수 있는지를 잘 알고 있었다.

"크흠. 기관이 있다면 일류고수 정도는 막을 수 있겠군.
자, 진짜 하고 싶은 말을 해봐. 내게 이런 걸 보여줄 때는 부
려먹으려고 그런 거잖아."

"하하하, 그런 거 아녀요."

"그래? 그럼 그냥 간다."

"한 가지만 해줘요."

"…없다며?"

"있어요."

"없다고 했잖아."

"마을 밖에 있는 재료들을 가져오는 거야 철랑대하고 마을 사람들을 시키면 되는데… 그걸 설치할 사람이 없네요?"

"설치? 난 진식에 대해 아무것도 몰라."

"알죠. 위치는 가주님이 짚어줄 거예요. 십방철익진은 제가 할 테니 죽방오절진을 맡아줘요."

"그것뿐이야?"

"그것뿐예요."

"그, 그래? 알았다. 그런 것쯤이야."

구징효는 용악의 부탁이 의외로 간단하자 흔쾌히 허락했다. 하지만 그날 새벽 거처로 들어가는 구징효의 몰골은 말이 아니었다.

어른 키 두 배만 한 죽창을 지정한 장소마다 다섯 개씩 조금의 착오도 없이 박아야 했고, 새벽 내 작업을 해도 다섯 장소를 넘지 못했다. 남은 장소가 무려 열아홉 개였다.

다음날 구징효는 황보성에게 십방철익진에 대해 설마 하는 마음으로 물었다.

"그건 이미 용 소협이 설치를 다 하셨는데요?"

"벌써요?"

"십방철익진은 이미 설치된 곳과 중복되는 곳이 많아 하루면 끝나는 일이었어요. 왜 혼자 한다고 하셨어요? 용 소협이 무척 미안해하던데……."

"끄아아아아!"

다시 생각해도 이가 갈리는 일이었다.

그러나 화를 내봐야 소용없다는 것도 잘 알기에 구징효는 다음날 모두 잊기로 했다.

"용악 그놈 때문에 내가 아주… 지친다, 지쳐."

무려 오 일에 걸쳐서 끝을 낸 죽방오절진의 설치에도 불구하고 구징효는 불만 한마디 하지 않았다. 결심을 하면 반드시 지키는 구징효였다.

사람이 모이면 말이 많아지고, 말이 많으면 탈이 생기게 마련이다. 철랑대와 마을 청년들이 모인 곳인 만큼 훈련장은 매일같이 경쟁의 연속이었다.

구징효의 훈련에 어느 정도 익숙해진 철랑대와 자원한 마을 청년들은 서로 기 싸움에서 지지 않기 위해 이를 악물고 훈련을 견뎌냈다.

익숙해진 훈련은 서로를 보게 만들었고, 힘겨루기로 변해 갔다. 견딜 수 있으면 다음 단계로 넘어가는 것은 어쩌면 당연했다.

그전에 힘의 우위를 판가름하고 싶어진 것이다.

철랑대에선 교묵이, 마을 청년들을 대표해선 대건이 나섰다.

'힘을 쓰기 전에 꽈야 하고, 힘을 쓸 때 풀어야 한다.'

대건은 속으로 몇 번이나 되뇌었다.

구징효가 가르친 외공은 무쌍문의 기본이라 할 수 있는 철수회문공(鐵手灰紋功)으로, 단련에 단련을 거듭하면 온몸이 회색빛으로 변하며 도검조차 뚫지 못하게 된다.

그것을 힘으로 변화시킬 수 있었다.

"약속대로 내가 이기면 니들은 우리 밑으로 들어오는 거야. 알았냐?"

교묵은 건방진 말투로 대건에게 말했다.

"그런 일은 없다."

묵직한 목소리로 대건이 말을 받았다.

짝!

대건이 양손바닥으로 자신의 얼굴을 때렸다.

"별 지랄을 다 해도 너는 나를 못 이겨."

"해보자! 누가 이기는지!"

대건은 크게 소리치며 더 이상 꽈지지 않는 단전의 힘을 풀어버렸다. 둑이 허물어지듯 단전에 쌓여 있던 힘이 쏟아지며 사지로 퍼졌다.

부웅―

대건의 주먹에서 바람 가르는 소리가 일었다.

퍽!

"히익!"

교묵은 양손을 교차시켜 가까스로 대건을 주먹을 막아냈으나 이어지는 힘에 의해 붕 뜬 채 나가떨어졌다.

"으햐아!"

대건은 쓰러진 교묵을 향해 '쿵쿵' 발자국 소리를 내며 달려들었다. 순간, 교묵의 안색은 하얗게 질렸고, '푹푹' 파이는 땅을 보며 연신 뒤로 물러섰다.

부우— 웅—!

바람 가르는 소리가 교묵의 머리를 훑고 지나갔다.

"기, 기다려! 졌다, 졌어!"

간신히 주먹을 피한 교묵이 양손을 내저으며 대건의 공격을 저지시켰다.

전의를 상실한 행동이었다.

"뭐라고 했느냐?"

"저, 졌다고 했다."

교묵의 패배를 인정하는 대답에 마을 청년들은 서로를 얼싸안고 좋아했고, 철랑대는 교묵을 향해 욕과 함께 야유를 마구 퍼부었다.

"쌍! 니들이 해봐! 저 자식 주먹, 장난이 아니었단 말이야!"

교묵은 고래고래 소리를 질렀다.

그때였다.

"크크큭, 힘이 남아돈다 이거지? 재미있는 놀이를 하고 있었구나."

염라대왕보다 무서운 구징효의 목소리에 양쪽 모두 석상이라도 된 것처럼 동작을 멈췄다.

구징효는 그들을 향해 움직이며 뒤를 힐끗 돌아봤다.

용악과 지켜보다 때맞춰 나온 것이다.

'이제 진에 대해 알려줘도 되겠군.'

용악은 교묵을 제압한 대건의 모습이 마음에 들었다.

주먹을 내지를 때 뒤도 안 돌아보는 행동은 아무나 할 수 없는 행동이었다. 오직 한 가지만 생각하는 유형의 경우에만 가능했다.

마을을 비워도 안심할 수 있게 되려면 아직 멀었지만 더는 기다릴 수 없었다. 수색조의 대장을 돌려보낸 지 한 달하고도 열흘이 지났기 때문이다.

'이제 거의 다 된 건가.'

용악의 담담하던 눈에서 파란 빛이 일렁였다.

아주 차갑고 냉정했다.

第九章
불청객

천산마제

　풀을 밟고 훌쩍 솟아오른 신형이 가볍게 안채 지붕 위로 내려섰다.

　'보고받은 것과는 다르군.'

　무기를 든 몇몇이 눈에 보였다.

　신경 쓸 정도는 아니라도 농부들밖에 없다는 말과는 차이가 있었다.

　현수의 코가 벌름거렸다.

　'이 아래군.'

　후각을 통해 약 냄새가 나는 방으로 스며들었다.

　어두운 방으로 들어온 현수는 소매에서 봉투를 꺼내놓으

려다 편안한 얼굴의 황보성을 확인하고 잠시 행동을 멈췄다.

아무리 봐도 쫓기는 자의 표정이 아니었다.

벌써 두 번째 느끼는 어긋남이었다.

'죽일까?'

현수의 눈빛이 살짝 흔들렸다.

'이놈만 없었어도 일이 좀 더 빨리 완성됐을 텐데……'

현수는 편히 잠든 황보성의 모습에 살인 충동이 일었다. 최근 들어 통 잠을 이루지 못하는 혁련휘지와 너무도 다른 모습에 살기가 일어난 것이다.

절정고수의 경지에 오른 그의 살기는 순식간에 방 안을 가득 메웠다. 속으로는 황보성이 깨어나길 바랐다. 그러면 부득이한 상황을 핑계로 죽일 수 있으니.

"으음……"

황보성은 불편한 듯 낮은 신음과 함께 몸을 옆으로 돌려 누웠지만 깨지는 않았다.

'셋 셀 동안 일어나지 않으면 간다. 하나, 둘… 헛!'

현수는 속으로 숫자를 세다 말고 헛바람을 삼켰다.

관자놀이를 향해 날아오는 날카로운 예기가 느껴진 탓이다.

눈에 보이지 않을 정도로 빠르게 벽으로 붙었다.

그러자 현수의 관자놀이를 노렸던 예기가 사라졌다.

'경고?'

현수가 자리를 피했음에도 창문은커녕 어떠한 물건도 부서지지 않았다.

싸우기 전에 투기를 먼저 보내 절정고수인 현수를 다급하게 만들 정도의 위력까지 담은 수법이었다. 곧 누군가가 들어온다는 의미이기도 했다.

현수의 반응은 빨랐다.

창문이 아닌 방문을 열고 밖으로 나간 것이다.

곧이어 인영 하나가 방 안으로 들어오더니 황보성의 맥을 짚어보았다.

'가주님은 무사하다.'

헛간에서 현수의 살기를 감지하자마자 곧바로 예기를 보내 위협 한 뒤 들어온 용악이었다.

'무쌍권 구징효?'

현수는 뒤를 돌아봤다.

그를 위협할 정도의 예기를 날린다는 것은 상대가 절정고수라는 것을 뜻했고, 황보세가 근방에서 찾을 수 있는 절정고수라면 오직 구징효 한 명뿐이었다.

"오늘은 아니다, 무쌍권."

구미가 당기는 상대였으나 오늘은 싸우러 온 것이 아니었다.

현수의 신형이 나뭇가지를 밟고 높게 치솟았다가 호선을

그리며 떨어져 내렸다. 그 한 번의 도약으로 십여 장을 건너 뛰었다.

“……?”

다시 신형을 띄우려 할 때였다.

파바바바—

나뭇가지 스치는 소리가 점점 커지더니 좌측으로부터 인영 하나가 튀어나왔다.

“이놈!”

다짜고짜 내지르는 주먹.

과우웅!

닿지도 않았는데 압력으로 인해 현수의 안면 근육이 뒤로 밀렸다. 하지만 그 정도의 빠르기로는 현수를 어찌할 수 없었다.

훙—!

주먹이 지나간 방향으로 바람이 황당한 소리를 냈다.

“큭. 제법이구나. 다시 간다, 쥐새끼!”

구징효는 한 방으로 해결하지 못한 것이 마음에 들지 않는지 조금 전보다 더욱 강하게 주먹을 뻗어왔다.

“무쌍권 구징효?”

“……!”

우뚝.

구징효의 주먹이 거짓말처럼 멈췄다.

진기를 자유자재로 제어하는 모습이었다.

"한번 내보낸 진기를 그렇게 빨리 거두다니 놀랍군. 철수회문공을 대성한 건가? 굼벵이 같은 신법만 아니었어도 내 옷자락이라도 건드릴 수 있었을 텐데 많이 아쉽겠다."

일부러 구징효의 자존심을 건드리려는 의도였다.

"큭. 요즘 젊은것들은 반말이 유행인가. 보는 것들마다 아주 난리군."

'화를 안 내?'

정보에는 구징효의 성격이 불같다고 적혀 있었다.

화를 낼 때 틈을 만들어 피하려던 현수의 계획이 틀어지고 말았다.

"그럼 좀 더 강도를 높여볼까?"

"강도? 큭. 아서라. 녀석 때문에 웬만한 자극에는 열도 뻗치지 않아."

"녀석?"

"그런 놈이 있다. 자, 이젠 네 소개를 할 차례 아니냐? 너는 나를 알고 있는데 나는 너를 모르면 불공평하잖아?"

"웃기는 일이군. 무쌍권 구징효가 질문을 한 건가? 자기밖에 모르는 자가? 정보에 추가해야겠다. 무쌍권 구징효가 제정신으로 돌아가려 한다고."

"큭. 안 된다고 말했……."

"과거 무쌍문의 제일 실력자. 가족과 제자들이 무쌍겸 희창에 대해 수차례 경고를 했음에도 불구하고 희창을 믿다가 결국 모든 것을 잃음. 현재는 낭인 떨거지들의 우두머리 노릇이나 하고 있음. 빠진 게 또 있나?"

"…뭐 하는 놈이냐?"

구징효의 전신에서 살기가 일어났다.

"무쌍권 구징효에 대해 잘 아는 사람. 그리고 오늘은 굳이 싸울 필요를 못 느끼는 사람."

현수는 구징효가 눈앞에 있다는 것을 까먹었는지 자연스럽게 신법을 펼쳐 허공으로 솟구쳤다.

"내 질문에 대답하기 전엔 못 간다!"

구징효가 곧장 따라붙으며 권풍을 날렸다.

쾅!

"……!"

현수의 등을 향해 폭풍과 같은 기세로 짓쳐들던 권풍이 산산조각 났다.

횡으로 한 번, 종으로 다시 한 번.

두 번 번쩍거렸을 뿐인데 구징효의 권풍은 흔적도 없이 사라졌다.

"다음에 잘리는 건 그 허접한 주먹이 아니라 무쌍권 구징효가 될 거다."

현수의 마지막 목소리는 숲에서 들려왔다.

구징효는 쫓아갈 생각도 않고 자신의 주먹을 내려다봤다.

“이건…….”

익숙한 느낌이다. 떠올리기조차 싫은 아주 더러운, 바로 무쌍겸 희창의 창술을 검술로 바꿔 사용했던 그 느낌이다.

구정효는 한동안 멍한 표정으로 현수가 사라진 방향을 응시했다.

“구노, 놓쳤어요?”

황보성과 황보소소의 안전 때문에 현수를 바로 쫓지 못한 용악이 내려섰다.

“…놔줬다.”

“예?”

“아무것도 묻지 마라. 놈이 어떻게 생겼는지, 무슨 소릴 지껄였는지 아무것도 묻지 마라.”

“…….”

구정효의 표정이 너무 심각해 용악은 더 묻지 않았다. 대신 주위를 훑어봤다. 싸운 자에 대해 말해주지 않는 데엔 그만한 이유가 있을 테고, 그것을 찾는 것은 싸운 흔적으로도 가능했다.

‘구노는 저곳에서… 놈은…….’

용악은 무언가를 발견하고 현수가 서 있던 곳으로 다가가 그 주위를 살폈다.

네 곳이 상해 있었다. 하지만 하나같이 가벼운 흔적들로, 나무의 표면이 긁히거나 풀이 눌려 있을 뿐이었다.

　용악은 무심코 구징효를 돌아봤다.

　이곳에서 정말 싸움이 있었는지 의심이 들 정도로 깨끗한 주변이었다.

*　　　*　　　*

　황보성의 방 안.

　창문을 등지고 선 황보소소의 손이 떨리고 있었다.

　손에 쥔 편지에 적힌 내용을 모두 읽어버린 것이다.

　…(중략)… 황보세가의 몰락은 구 년 전에 계획됐다. 황보세가의 전대 가주와 두 아들의 죽음까지 모두. 자세히 알고 싶은가? 그렇다면 황보소소를 남궁세가로 보내라. 안 보내면 그마저도 못 듣게 될 거야. 더 늦으면 십이용봉대회에 참가할 수 없게 될 지도 모르니 서둘러야 할걸?

　황보소소의 잠을 깨운 것은 이상한 느낌이었다.

　잠에서 깨어났는데도 심장은 여전히 쿵쾅댔고, 다시 누워도 잠은 오질 않았다.

　현수의 살기가 황보소소의 신경을 건드린 것이다.

　황보소소는 불안한 마음을 진정시키기 위해 밖으로 나갔고, 때마침 용악이 황보성의 방에서 나오는 것을 보게 됐다.

불길한 생각에 급히 황보성의 방으로 들어갔으나 황보성은 평소와 다름없이 편히 잠들어 있었다.

막 방을 나서려 할 때였다.

황보성의 머리맡에 못 보던 서찰 한 통 놓여 있는 것을 발견하게 됐다.

보지 않았으면 좋을 내용이었다.

'오빠… 어쩌면 좋아요.'

황보소소는 서찰의 내용에 대해 누군가와 의논을 하고 싶었으나 황보성은 아니었다. 요즘 그나마 건강이 좋아지고 있는 황보성에게 말해봐야 좋을 것이 없었기 때문이다.

'용 소협이 이 서찰을 오빠 머리맡에 놓은 걸까?

황보소소의 의심은 당연했다.

마지막으로 황보성의 방을 나온 사람이 용악이기에.

떨리던 황보소소의 손이 서찰을 와락 움켜쥐었다.

용악에게 확인해야 하기 때문이다.

"어딜 다녀오시나 봐요?"

황보소소는 헛간 앞에서 다가오는 용악을 향해 물었다. 평소의 목소리와 다르게 가라앉은 목소리였다.

"잠시… 무슨 일이 있으셨나요, 황보 소저?"

용악은 불안할 수밖에 없었다. 안전하다고 여겨 자리를 비웠는데 그사이에 무슨 일이 생긴 건 아닌지 걱정이 된 탓이다.

"물어보고 싶은 게 있어서 기다렸어요."

"……?"

용악은 어리둥절한 표정으로 바라봤다.

"아까 오빠 방에서 나오는 걸 봤어요. 그 이유를 물어도 될까요?"

'이런, 주의를 한다고 했는데……'

용악은 아차 싶은 표정을 지었다.

'설마……'

황보소소는 용악의 표정을 보고 머릿속이 하얘지는 것을 느꼈다.

"황보 소저는 걱정하지 않아도 돼요. 구노가 쫓아냈으니까요."

"…예?"

"조심한다고 했는데 황보 소저의 잠을 깨운 모양이네요. 놈이 떠나고도 한동안 안심을 할 수가 있어야지요. 다행히 일행을 데려오거나 하진 않았더라구요."

"그, 그게 무슨 말씀이세요?"

황보소소는 용악의 말을 이해할 수 없어 정신을 추스르기 위해 고개를 젓기까지 했다.

"그… 때문에 화난 표정을 한 것 아니었어요? 불청객이 있었는데 알려주지… 않아서… 황보 소저, 왜 울어요?"

"…진짜죠? 지금 용 소협이 하신 말씀, 진짜죠?"

황보소소의 눈에는 벌써 눈물이 고여 있었다.

용악은 뭔가 다른 문제가 있음을 직감했다.

헛간 옆에 세워둔 돌 두 개를 재빨리 옮겨 황보소소를 앉게 한 다음 그 옆에 앉았다.

"무슨 일이에요. 제가 없는 동안 누가 다녀갔나요? 황보 소저를 위협했어요?"

황보소소는 고개를 가로저었다.

용악을 믿지 못했다는 미안함과 황보세가와 관련된 일을 어떻게 감당해야 할지 몰라서 눈물은 계속해서 흐르기만 했다.

용악은 재촉하지 않고 황보소소에게 시간을 주었다.

달이 너무 밝았다.

천산에서 내려올 때만 해도 은자 한 닢을 건네주던 소녀가 너무 행복하지 않았으면 했다. 그래야 용악이 뭔가 해줄 수 있을 테니까.

그러나 무가의 집안에 무인은 한 명도 없었고, 가주인 오빠는 병들어 있었으며, 세가의 식솔이라는 사람들은 모두 농부들이었다.

소녀를 행복하게 해주고 싶었다.

지난 두 달 동안 어느 정도는 해냈다고 생각했건만 황보소소의 눈물을 보자 맥이 풀리는 기분이 들었다.

그때였다.

황보소소가 눈물을 그치며 종이 한 장을 건넸다.

"…오빠 머리맡에 있었어요. 너무 무서운데… 용 소협이 그 방에서 나온 걸 보고… 어떻게 해야 할지 몰라서……."

용악은 황보소소가 건넨 서찰을 읽고 나서야 황보소소가 왜 보자마자 적의를 품었는지 알 것 같았다.

'드러내 놓고 협박인가?'

내용을 다 읽은 용악은 웃음이 나오는 걸 참았다.

막연히 혁련세가가 황보세가를 노리고 있다고만 여겼지, 적에 대해선 전혀 감을 잡지 못하고 있는 상황이었다. 알아서 초대까지 해준다는데 망설일 필요는 없었다. 어차피 움직이려 했다.

"가주님에겐 내가 말씀드릴게요. 황보 소저는 떠날 준비를 해요."

"그럴 수 없어요."

"……?"

"제가 없으면 누가 오빠를 보살펴요?"

"아, 가주님의 건강은 문제없어요. 해독이 되려면 시간이 지나야 하겠지만 예전처럼 옆에서 돌봐줘야 하는 상태는 아니에요."

"……."

"지독한 환경에서 살다 보니 사람의 몸에 대해 어느 정도는 알게 되더라구요. 절 믿으세요."

"아니요. 못 믿어서가 아니에요."

"……."

"사실은… 겁이 나요. 제가 그자를 만나서 뭘 할 수 있을지
도 모르겠고… 왜 내게 이런 일이… 정말이지… 갑작스럽
고… 진짜… 화가 나요!"

"그럴 수 있어요."

"아니요. 용 소협은 모르세요."

"그럴 수도 있고요. 하지만 전혀 모르진 않아요. 상황은 다
를지 몰라도 아무것도 할 수 없을 것 같은… 꽉 막혀서 움직
이기도 힘들었던… 그 느낌을 어떻게 설명을 해야 하나…….
굳이 이대로 살아서 뭐 할까 하는? 하하하, 비슷하겠네요."

용악의 말을 듣던 황보소소의 눈이 커졌다.

지금까지 봐온 용악은 이런 애길 할 줄 모르는 사람처럼 느
껴졌기 때문이다.

"…그런 적이 있으셨어요? 항상 밝기만 하셔서… 전혀 몰
랐어요."

"오래전 얘기예요. 누구나 넘어야 할 벽 같은 것이 있잖아
요. 그걸 넘어야 했는데 많이 지쳤었죠. 그때 도움을 받지 않
았으면… 이렇게 황보 소저와 얘기도 못 나눴을 걸요? 하하
하!"

"도움이요? 혹시 아버지께서……."

"그때 받은 건 빚이었어요."

“빚이요?”

“갚아야 할 빚이죠.”

“어떤 빚인데요?”

씨익.

용악은 웃기만 하고 대답은 해주지 않았다.

“저도 넘어서고 싶어요. 저 벽을 지키고 싶은데… 뭘 어떻게 해야 할지 전혀 모르겠어요.”

황보소소는 십 년 동안 지냈던 안채를 바라봤다.

지키고 싶은 벽이 저곳에 있었다.

“…갈게요. 제가 할 수 있는 일은 다 하고 싶어요. 도와주세요, 용 소협.”

황보소소가 돌에서 일어나 용악을 향해 돌아섰다.

용악은 황보소소의 눈빛을 보고 말았다. 무릎이라도 꿇으려 한다는 것을.

“물론이죠.”

“…예?”

“제가 할 줄 아는 것이라곤 그것밖에 없잖아요. 황보 소저를 돕는 것. 하하하!”

황보소소가 간절히 원하고 있었다.

당연히 도와줘야 하는 것이다.

*　　　*　　　*

현수는 언제나와 마찬가지로 연못 한쪽에 시립한 채 정자를 바라보고 섰다.

"전했느냐?"

혁련휘지가 돌아보지도 않고서 물었다.

"예. 그리고 양주묵가(楊洲嘿家)도 소가주님의 명령을 따를 수밖에 없도록 처리해 놓았습니다."

"그래? 역시 현수다. 잘 처리했다. 그럼 십이대세가가 내 손아귀에 들어온 것인 다름없고. 또 남은 것이 있더냐?"

"서찰을 전하다 무쌍권을 봤습니다."

현수의 목소리에 아쉬움이 묻어났다.

혁련휘지가 아니면 알아차릴 수 없을 정도의 미미한 변화였다.

"오! 무쌍권 구징효. 죽이고 싶었을 텐데 어떻게 했어? 설마 죽인 건 아니겠지?"

"경고만 해주고 왔습니다."

"뭐?"

혁련휘지가 갑자기 돌아섰다.

무쌍권에게 경고를 했다는 것은 현수가 흔적을 남겼다고 여긴 까닭이다.

"아니지. 킥킥. 좋은 생각이 떠올랐다."

"……."

“계집이 남궁세가까지 순탄하게 가는 건 좀 그렇지? 죽지 않을 정도로 고생을 하게 되면 나를 볼 때 달라지지 않을까? 그것 괜찮겠다. 무장들을 시켜서 황보소소 그 계집을 괴롭히라고 전해.”

“어떻게…….”

“그런 것까지 내가 알려줘?”

“아닙니다.”

“네 사형도 불러.”

“예?”

뜬금없는 혁련휘지의 명령에 현수는 잠시 대답을 주저했다.

“네 사형은 무쌍권과 풀어야 할 게 있잖아? 이번엔 진짜 무공을 사용해서 풀어보라고.”

혁련휘지는 자신의 결정에 만족스러운지 뒷짐을 지며 다시 돌아섰다.

“연락하겠습니다.”

“그래야지. 틀어진 것은 반드시 제자리를 찾아야 해. 그래야 다음 일을 진행시키는 데 아무 탈이 없지. 네 사형 희창도 무쌍권이 온다면 열 일을 제쳐 두고 오지 않겠어? 으아…암.”

혁련휘지가 양손을 쭉 펴며 기지개를 켰다.

모든 것이 그의 의지대로 이루어지고 있다는 표시였다.

"좀 더 큰 세상으로 가기 위해서라도 이 일은 완벽하게 끝을 내야 한다. 하긴, 지금보다 더 완벽할 순 없지. 그렇지 않느냐, 현수?"

스스로에게 도취된 혁련휘지는 현수에게 손을 내밀었다가 움켜쥐었다.

세상을 한손에 쥐겠다는 의지였다.

현수는 혁련휘지의 손짓을 보며 자신도 모르게 따라 했다.

'진짜 무공이라……. 드디어!'

지금까지 한 번도 드러내지 않았던 무공을 사용할 때가 된 것이다.

*　　　*　　　*

청명한 하늘빛이 푸르게 태산을 감쌌다.

태산을 내려올 때까지 한 번도 뒤를 돌아보지 않았던 황보소소는 감탄한 표정을 숨길 수가 없었다.

'이렇게… 높았나? 내가 이런 곳에 살았던 거야?'

황보소소는 태산을 보는 것뿐인데도 자부심이 뿌듯하게 다가왔다. 이런 곳에서 스무 해를 살아온 것이다.

"큭. 그렇게까지 감개무량해할 필요 없소, 소저. 강호에 발을 디딘 이상, 떠나고 돌아오는 일에 익숙해야 하니까. 그래도 돌아올 곳이 있다는 건 무척 좋은 일이지."

　구징효가 황보소소의 곁을 지나가며 한마디 툭 뱉었다. 세가 밖으로 나와서일까? 황보소소는 구징효의 말에 깊은 무언가를 느낄 수 있을 것 같았다.

　"구 대협, 왜 그러세요? 겁나게……."

　"겁? 큼. 그런 것도 가지고 다닐 주머니가 있소, 소저? 그런 건 냉큼 버리시오. 지금부터는 살아서 돌아오겠다는 각오가 필요하니까."

　"각오요?"

　황보소소는 구징효의 진지한 표정에 겁먹은 눈으로 반문했다.

　"그렇소. 돌아갈 곳이 있어야 위기를 극복할 수 있거든. 내가 젊었을 때는……."

　"구노, 겨우 반나절 왔어요."

　용악이 낮게 한숨을 내쉬며 고개를 저었다.

　황보세가에 있을 때와 달리 구징효는 무척 고무되어 있었다. 오랜만에 세상으로 나간다는 생각 때문에 기합까지 잔뜩 넣은 상태였다.

　"큼. 각오는 아무리 다져도 괜찮다. 그러고 보니 예전에 내가 첫 출정 나갔을 때가 생각나는구나. 그때는……."

　"구노, 갈 길이 멀다고요."

　"듣기 싫다 이거지?"

　"아니요. 구 대협, 저는 듣고 싶어요."

황보소소가 손까지 들어 올리며 눈을 반짝였다.

용악은 그 모습에 머쓱해져서 입을 닫았다.

"저도 첫 출정인 셈이잖아요. 구 대협의 경험담을 들으면 도움이 될 것 같아요. 들려주세요, 구 대협."

황보소소는 초롱초롱한 눈을 빛냈다.

용악을 돌아보는 구징효의 표정이 득의양양했다.

"첫 출정에 대단한 일이 생기면 그게 더 이상한 것 아닌가?"

용악이 심드렁하게 말하고는 앞으로 걸어갔다.

"뭐, 뭐야!"

구징효가 핏대를 세우며 용악을 노려봤다.

큰일이 있기는 있었다.

구징효는 첫 출정에서 엄청나게 두들겨 맞았다. 상대가 무기를 사용하는 자가 아니어서 다행이었지, 아니었으면 살아서 돌아올 수 없었을지도 몰랐다.

"큼. 도적질을 일삼는 놈들이었는데 사부님께서 나와 동기한 놈만 보내셨지."

"단 두 분이요? 그래서요?"

"당연히 그날로 놈들은 더 이상 도적질을 하지 못하는 신세가 됐소."

앞뒤를 빼고 본론만 말하면 그랬다. 실컷 두들겨 맞은 구징효는 사부의 뒤를 졸졸 따라다닌 것이 전부였지만.

"대단하세요, 구 대협."

"큭. 그렇게까지 감탄할 정도는 아니고… 크허험. 사실, 사부님께서도 내가 그렇게까지 잘할 줄은 몰랐다고 하긴 하셨지만."

구징효는 말을 마치고는 슬쩍 용악의 눈치를 봤다.

용악은 구징효와 눈이 마주치자 묘한 웃음을 짓고는 고개를 돌렸다.

구징효의 이마에 다시 핏대가 섰다.

"더 얘기해 주세요. 첫 출정에서 사부님의 칭찬을 들으면 기분이 어때요?"

황보소소의 초롱초롱한 눈이 더 많은 얘기를 원하고 있었다.

"큼. 그 기분이라……. 설명이 불가능하오."

"그 정도로 기분이 좋은 거예요? 다음 출정은 어땠어요? 첫 번째 싸운 사람보다 더 강한 사람을 만났나요? 그때는 어떻게 됐어요?"

황보소소가 쉴 새 없이 물어보고 또 물어봤다.

용악은 어느새 저만치 앞서가고 있었고, 구징효는 곤란한 표정으로 황보소소를 쳐다봤다.

"소저, 다른 말은 필요없는 것이오. 내가 이렇게 살아 있다는 것이 중요하지. 그런 것이 강호요. 자, 그만 갑시다."

"살아 있다는 것이 중요하다. 너무 멋진 말이에요."

‘그, 그런가? 하긴 내가 말을 하고도 깜짝 놀랐으니. 다른 말은 필요 없고… 살아 있다는 것이 중요하다. 큼큼.’

구징효는 한 말을 되뇌다 절로 고개를 끄덕였다. 그리고는 몇 번이나 반복해서 외운 후, 철랑대 앞에서 멋지게 연설하는 자신의 모습을 그렸다.

만족스러운지 구징효의 입가에 미소가 떠올랐다.

며칠 동안 용악 등은 객점이나 주루에서 자지 못했다. 없었던 것은 아니지만 대개가 훤한 대낮에만 보인 까닭이다. 세 사람은 낮부터 쉴 수 있는 입장이 아니라 몇 개를 지나쳤다.

그러다 등주에 도착하면서 허름하긴 해도 묵을 수 있는 적당한 객점을 발견했다.

구징효가 제일 먼저 달려갔다.

탁.

구징효는 은자 열 냥을 계산대에 놓으며 객점 주인을 향해 눈을 부라렸다.

“오늘은 더 이상 손님 받을 필요 없네, 주인장.”

“무, 물론입죠!”

눈치 빠른 객점 주인은 목청껏 소리쳤다.

객점을 하루 동안 빌리겠다는 의미임을 안 것이다.

객점 주인은 툭 튀어나온 배가 접히지도 않는데 계속해서 허리를 구부리려 했다. 한 달 내내 벌어도 은자 두세 냥 벌기

힘든 객점에서 하룻밤에 은자 열 냥이라면 횡재나 마찬가지
였다.

"방 세 개, 식사는 목욕 후에 하겠다."

"금방 준비하겠습니다! 종삼아!"

구징효의 말이 끝나기가 무섭게 객점 주인은 점소이 한 명
을 주방으로 밀어 넣고는 다른 점소이에게 이층을 가리키며
안내하라는 신호를 보냈다.

점소이는 날렵하게 이층으로 올라가 가장 좋은 방 앞에 구
십 도로 허리를 숙였다.

"이 방이 저희 객점에서 가장 좋은 방입니다, 대협."

"그래?"

구징효가 반색을 하며 방 안을 들여다보려 했다.

그때, 용악이 구징효의 팔을 잡아 뒤로 빼내며 방문을 열었
다.

"소저가 이 방을 쓰고, 저와 구노가 양쪽 방을 쓸게요. 들
어가세요, 소저."

태산을 떠날 때부터 용악은 황보소소를 보호하기 위해 '황
보' 라는 성씨를 붙이지 않았다.

"쿵. 내 말이 그거요, 소저. 들어가시오."

구징효는 삐딱한 눈으로 용악을 노려보는 걸 잊지 않았다.
그리고는 황보소소의 오른쪽 방으로 들어갔다.

"주인어른, 보셨어요?"

안내를 하고 내려온 점소이 종삼은 객점 주인에게 조용히 물었다.

"봤지."

객점 주인은 심각하게 고개를 끄덕였다.

"어뗘세요?"

"아주 재수없게 생겼더구나."

"예?"

"으……."

객점 주인이 갑자기 진저리를 쳤다.

"왜 그러세요, 주인어른?"

"무인들이란 꼭 티를 낸다니까. 얼굴에 칼자국을 내고 다니면 누가 겁먹을 줄 아는가 보지?"

"주인어른… 그자 말고요."

"그자 말고?"

"여자요."

"여자?"

"철기방에서 수상한 자가 있으면 연락하라고 했잖아요."

"저 여자가 수상해? 내 눈엔 하나도 그렇게 안 보이던데?"

객점 주인은 오히려 무슨 소리냐는 눈으로 종삼을 쳐다봤다.

"제 육감은 틀린 적이 없어요. 저 여자는……."

“여자는?”

“미인일 겁니다.”

“……”

객점주인의 표정이 기괴하게 변했다.

객점 관리만 이십 년, 그 이전에는 숱한 고생으로 안목이 남다르다 자부하는 그였다.

목소리만 들어도 황보소소가 미인이란 것은 알 수 있었다. 그런 것이 뭐 그리 대단한 발견이라고 종삼이 난리를 치는지 이해할 수 없는 것이다.

“틀림없어?”

“틀림없어요.”

“그래, 미인이라고 하자. 됐냐?”

“예? 주인어른, 그게 아니잖아요.”

“뭐가?”

“철기방이요!”

“철기방?”

객점주인은 또다시 오만상을 찌푸렸다.

얼마 전 철기방에서 무인들이 떼로 몰려와 뻑적지근하게 먹고선 외상을 해버린 까닭이다.

“제가 다녀올게요.”

“네가? 철기방을? 왜?”

“왜긴요. 주인어른께 말씀드린 적은 없지만… 사실 저는

점소이로 썩을 놈이 아닙니다. 어려서부터 아주 가끔이긴 해
도 신동 소리도 들어봤고… 아무튼 이번 일을 기회로 철기방
에 들어가고 싶습니다."

종삼이 진지한 표정으로 자신의 포부를 말하자, 객점 주인
의 눈이 가늘게 변하며 의심스러운 눈이 됐다. 평소의 종삼이
답지 않게 너무나 진지했다. 이럴 때는 다른 꿍꿍이가 있는
것이다.

"반땅."

객점 주인은 능기적거리며 한마디 툭 뱉었다.

"예? 반땅이라니요?"

"네가 받을 돈의 반은 내 것이라고."

"주, 주인어른, 그게 무슨……?"

"싫으면 너는 아무데도 못 가. 내가 너를 모르냐, 종삼아?
네 녀석이 뭘 어째? 무인? 켕이다, 켕! 돈 안 생기는 일을 네가
할 리 없지. 지나가던 개가 낑낑대고 웃다 마차에 깔릴 소리
말고 딱 정해. 반땅?"

"주인어른……."

종삼은 말도 안 된다는 표정으로 항변하려 했으나 이미 객
점 주인은 팔짱까지 낀 상태였다.

'돈 냄새 맡는 데는 아주 귀신이지.'

시도한 것으로 만족해야 할 모양이다.

"여자 한 명과 얼굴에 검상 있는 자가 나타나면 알려달라

고… 뭐, 약간의 보상금이 있을 수도 있을 겁니다. 주인어른,
반 시진 안에 다녀오겠습니다.”
 “흐흐흐. 얼른 다녀와. 얼마 받았는지 금방 안다. 내 수완
알지?”
 “……!”
 종삼의 얼굴이 일그러졌다.

第十章
철기방

천산마제

똑똑.

누군가 용악의 방문을 두드렸다.

"누구세요?"

"저예요."

황보소소였다.

용악은 빛과 같은 속도로 문을 열었다.

"아직 식사하라는 말이……!"

용악은 문을 열자마자 문 앞에 선 황보소소를 보고 순간적으로 할 말을 잃고 말았다.

길게 늘어뜨린 검은색 머리칼을 앞으로 내리고 다소곳한

자세로 서 있는 황보소소의 자태는 눈이 부실 정도로 아름다웠다.

"왜 그러세요, 용 소협?"

"왜 면사를 벗었어요?"

"답답해서요."

"답답해도 다시 쓰는 게 좋겠네요."

"…예."

황보소소는 용악의 말에 풀 죽은 표정으로 방에서 면사를 가지고 나와 썼다.

"한데 할 말이라도 있나요?"

"아니요. 식사를 하려면 어차피 내려가야 하니 함께 가시자고요. 아래층을 보니 아무도 없어서……."

"안 그래도 배가 고픈 참이었어요."

"큼. 기다리면 어련히 알아서 말해줄까."

용악과 황보소소의 대화를 듣고 있었던지 구정효가 방문을 열며 밖으로 나왔다.

그 모습에 용악은 고소를 지었다.

세 사람이 사라진 이층에는 금방 고요가 찾아왔다.

스르르.

구정효가 닫은 방문이 저절로 열리며 작고 얇은 손이 빠져나왔다.

황보소소는 탁자에 앉아마자 들뜬 표정을 지었다.

평생 제남 땅을 벗어난 본 적이 없는 그녀에겐 모든 것이 신기했기 때문이다.

"용 소협은 십 년 동안 강호를 돌아다니셨다고 했잖아요. 기억에 남는 일은 없어요?"

황보소소가 기대 어린 눈으로 용악을 바라봤다.

"글쎄요."

"…없어요?"

"그게……."

황보소소에겐 십 년 동안 강호를 돌아다녔다고 했지만 용악은 십 년 동안 천산에만 머물렀기에 특별히 할 말이 없었다.

"큭. 황보 소저, 강호가 궁금하오?"

구징효가 진지한 표정으로 말을 건넸다.

"예."

황보소소는 바로 대답하며 관심을 보였다.

"큼. 어떤 얘기를 듣고 싶소?"

"그냥 이런저런 얘기들이요. 대회에 갔는데 저만 모르는 대화가 오가면 이상할 것 같아서요."

강호에 대한 지식이 거의 없는 황보소소로서는 당연한 고민이었다.

"어디 보자, 소저 또래의 젊은이들이 모여서 할 수 있는 애기가 뭐가 있으려나. 큼. 일단은 구대문파의 제자들이 주축인 여의단(如意團)이 있을 테고, 삼왕들의 추종 세력인 정검련, 묵도(墨刀)도 있을 테고…….”

“어? 구 대협, 삼왕이라면서 왜 두 곳만 말씀하세요?”

“……”

“…왜요?”

“아, 아니요. 내가 말한 곳에 대해 정말 아무것도 모르시오?”

“예.”

황보소소가 해맑게 대답했다.

“그렇구려. 그럼… 좀 더 자세히 말해 드리리다. 그러니까 현 강호제일고수, 즉 강호인들에게 추앙받는 분이 셋 있소. 검왕, 도왕, 권왕. 이 세 분을 일컬어 삼왕이라 하오. 초절정… 쉽게 말해, 제일 세다는 거요. 큼. 그중 검왕과 도왕은 세력을 가지고 있소. 아까 말한 정검련과 묵도가 그곳이오. 권왕만 세력을 두지 않으셨지. 추종하는 무리가 없어서가 아니고 원체 혼자 다니는 걸 좋아하셨던 모양이오. 그래서 두 곳만 말한 것이오.”

“아, 네… 삼왕…….”

황보소소가 암기하듯 되뇌었다.

“삼왕 다음이라면… 오악무제를 들 수 있겠군. 빙(氷), 부(斧), 풍(風), 염(炎), 장(掌)을 다루는 데 있어서는 최고의 고수들이라

는 평가를 받고 있는 자들이오. 큼. 내가 직접 만나본 자들은 아
니지만 절정고수들 중에는 으뜸이라 하더이다.”

“삼왕 다음이 오악무제…….”

열심히 듣는 황보소소의 모습에 구징효는 스스로 고무되
어 자세까지 잡으며 진지하게 얘기를 이어나갔다.

“대개 무공의 고하를 나눌 때 사용하는 기준은 일류, 절정,
초절정이오. 더 위도 있지만 현 강호에 생사경까지 도달한 사
람이 없으니 아직까진 초절정고수가 최고라 생각하면 틀림없
소.”

“그럼 일류, 절정, 초절정에 도달하신 분들의 무공 실력은
비슷하겠군요?”

“큼. 좋은 질문이오. 거기에 대해선 의견이 분분하오. 나쁜
건 아닌데 기준이 너무 애매해서……. 깨달음의 차이라느니
경험의 차이라느니……. 쯧쯧. 분명한 건 한 가지요. 내공의
고하가 실력을 좌우하는 것은 아니란 것. 내공만 높다고 무공
이 강하다면 산속에 틀어박혀 딥다 내공만 수련하지 뭐 하러
죽고 죽이는 강호에 몸담겠소? 그런 말을 하는 것들은 죄다
정신이 나간 것들이오. 죽고 사는 것이 한순간에 갈리는 상황
에서 내공의 위아래를 따지기는 개뿔… 큭. 아무튼 같은 절정
고수들의 경우에는 싸워보기 전엔 모른다, 라는 것이 정답이
오.”

“아, 예. 제가 생각하던 것과는 많이 다르네요. 그분들에

대해서만 알면 되나요?”

황보소소는 구징효의 목소리가 점점 커져서 조심스럽게 물을 수밖에 없었다.

“당연히 그렇지 않소. 지금까지 말한 사람들은 모두 정파요. 뭐, 대협이란 소릴 몇 명이나 들을지는 몰라도 정파에 속한 건 맞소. 다음은 사파의 고수들에 관한 건데… 거긴 약간 복잡하오. 어디든 중심이 되는 세력이 있어야 하는 법인데, 사파는 정파처럼 중심이 될 만한 세력이 지금은 없소.”

“중심 세력이요?”

“그렇소. 불과 오십 년 전만 해도 사파를 일통했던 혈교(血敎)가 있었지만 지금은 고만고만한 것들이 세력입네 하면서 설치고 있소.”

“혈교… 이름만 들어도 무시무시한 곳 같아요.”

“큭. 겁먹을 것 없소. 혈교주와 혈교주의 호위인 육령(六靈)이 모두 죽었으니 말이오. 그때만 해도 강호엔 의기가 넘쳤지.”

구징효는 마치 그 시대를 살기라도 한 사람처럼 회상에 젖었다. 사부로부터 들었던 얘기들을 떠올리며 추억하는 것이다.

“큼. 어쨌든 그래서 사파는 지금 세 곳으로 갈라져 있소. 파천마궁(破天魔宮), 수라혈(修羅血), 사림(死林)이지. 세 곳의 주인들을 삼마군이라고 하는데, 그들은 자신들을 정파의 삼왕과 비교하며 자화자찬에 빠져 있는 미친 작자들이오. 내가 볼 땐, 끽해봐야 오악무제와 동수일 텐데 말이지. 파천마군 적위, 수라마군 합일병, 그리고… 사림의 주인이오."

"다른 곳은 수장들 이름이 있는데 사림이란 곳은 왜 수장의 이름이 없죠?"

황보소소가 고개를 갸웃거리며 물었다.

"그건 사림이 강호 활동을 안 한 지 꽤 오래됐기 때문이오. 큭. 다들 자기들이 혈교의 후예라고 주장하지만 서로 인정하지 않고 있는 상황이오. 큭큭큭."

구징효는 말을 마치고 뭐가 그리 즐거운지 혼자서 웃었다. 그리고는 죽엽청 한 사발을 들이켠 후 길게 숨을 내쉬었다.

진한 죽엽청 향기가 탁자 주위로 퍼졌다.

"……."

황보소소는 구징효에게 뭔가 물어보려고 입을 달싹였다가 그만두었다.

"궁금한 것이 있으면 더 물어봐요."

용악이 대신 나서주었다.

구징효의 얘기를 더 듣고 싶은 건 용악도 마찬가지였기 때문이다.

"있기는 있어요. 구 대협, 십이대세가에 대해서는 왜 아무런 말씀이 없으세요?"

황보소소가 용기 내어 약간 붉어진 얼굴로 물었다.

그러자 구징효는 들었던 술잔을 내려놓으며 황보소소를
뚫어지게 응시했다.

"십이대세가?"

"예. 남궁세가만 해도 안휘성에선 대단히 유명하다고 들었
는데 지금까지 말씀하신 사람들 중엔 없잖아요."

"이런, 이런. 큭. 당연한 말이오. 십이대세가가 무가로 유
명한 건 사실이지만 그건 어디까지나 한 지역에 국한된 것이
기 때문이오."

"한 지역이요?"

"크험. 이런 말을 하긴 그렇지만 십이대세가는 여의단이나
정검련, 묵도 등의 지부나 분타와 엇비슷하다고 보면 되오.
삼왕 같은 분들은 이미 인간의 범주를 벗어난 분들이고, 오악
무제나 삼마군 역시 강호 서열에선 열외되오. 그러니……."

구징효의 차마 끝까지 솔직하지 못하고 대답을 흐렸다.

"구노, 혁련 가주란 자에 대해 아세요? 그자의 무공이나 뭐
그런 것에 대해서요."

용악이 당황한 표정이 역력한 황보소소를 위해 화제를 돌
렸다.

"십이대세가는 다들 비슷비슷한데… 기본적으로 한계가
분명한 무공을 익히고 있으니 어쩔 수 없는 일이지. 혁련세가
라고 다르지 않고."

'구노가 저렇게까지 말하는 걸 보면 혁련세가의 무공이 그

리 대단하진 않은 모양이군. 그나저나 혈교가 오십 년 전 사
파 강호의 패자라니. 후후, 풍령(風靈) 악승이 들었으면 알아
주는 사람 만났다고 구노와 밤새 술을 마시려 들겠군.'

용악은 물끄러미 자신의 양손을 내려다봤다.

평범하게 보이지만 용악의 손엔 한 장의 수투(手套)가 끼워
져 있었다.

풍령 악승.

덩치는 산만 한데 목소리는 중성적이고 무공은 패도적이
며 신법으론 천산에서 세 손가락에 들었던 자다.

용악이 천산을 떠난다고 하자 기꺼운 표정으로 천마수를
건넸다.

강호에 남아 있는 혈교의 식구들을 되도록 죽이지 말아달
라는 뇌물이라고 했다. 물론 뒤에서 들려온 말은 용악을 저주
하는 말이었지만.

구징효는 큰 소리로 떠들고, 황보소소는 귀담아듣고, 용악
은 손을 매만지며 생각에 잠겨 있고.

한쪽에서 세 사람을 지켜보던 객점 주인은 의아해질 수밖
에 없었다.

'저 둘은 무슨 관계지? 말투나 하는 행동을 보면 분명히 저
험악한 자가 윗사람 같은데… 오히려 일은 젊은이가 다 시키
네?'

객점 주인은 용악에게서 시선을 떼지 못했다.

한동안 그 상태로 물끄러미 바라보고 있을 때다.

"주인장, 혹시 올 사람이 있나?"

용악이 갑자기 객점 주인을 돌아보며 물었다.

"예? 어, 없습니다."

객점 주인은 재빨리 양손을 마구 흔들며 부정했다. 그리고는 용악과 눈이라도 마주칠까 고개를 돌리며 있는 대로 확장된 동공을 문가로 돌렸다.

그 모습에 용악은 묘한 웃음을 지었다.

하지만 그뿐이었다.

"밤이 늦었네요. 식사도 다 했으니 올라가죠?"

용악이 황보소소와 구징효를 보고는 먼저 일어났다.

"벌써요?"

"피곤할 텐데 쉬어요."

"괜찮은데……."

구징효가 들려주는 강호 얘기가 재미있었던 모양이다.

용악 역시 마음에 걸리는 부분만 없다면 내버려 두고 싶었다. 하나 객점 주인의 당황하는 눈을 이미 본 후였다.

"올라가요."

"…예."

황보소소는 용악이 이렇게까지 단호하게 말하는 데에야 따를 수밖에 없었다.

황보소소가 힘없는 발걸음으로 용악을 지나쳤다.

"주인장, 오늘은 이 객점에 우리만 있어야 한다는 걸 잊으
면 안 되네."

황보소소의 뒤를 따르던 용악은 조용하지만 객점 주인이
충분히 들을 수 있을 정도로 말했다.

"예? 무, 물론입죠!"

"후후후."

용악은 객점 주인을 돌아보며 모호한 웃음을 날렸다.

그러나 이미 뒤돌아선 후라 객점 주인은 그 웃음을 보지 못
했다.

"휴우……."

용악의 갑작스런 질문에 놀란 객점 주인이 심호흡을 하며
식은땀을 닦았다.

꿀꺽.

그냥 흔한 질문이었는데도 잠깐 사이 엄청난 양의 땀을 쏟
았다. 더구나 넘어가지 않는 침을 삼키느라 목젖을 계속해서
울럭거려야 했다.

점소이 종삼이 객점으로 돌아온 것은 새벽이 다 되어서였
다.

"여깁니다."

종삼이 객점 문을 조용히 열며 뒤쪽에 대고 말하자, 곧바로
일단의 무리가 발자국 소리도 없이 객점에 들어섰다.

콧수염이 턱 아래까지 내려온 중년인은 눈매가 날카롭고 강퍅한 인상을 하고 있었다. 철기방의 좌우호법 중 우호법이 그였다.

부하 예닐곱 명과 함께 들어선 그는 불그스름한 안광을 드러내며 주위를 둘러봤다.

"어디 있느냐?"

낮고 묵직한 저음이었다.

"그 여자는 지금 이층 두 번째 방에 있습니다."

"알았다."

우호법이 부하들에게 손짓을 하려 할 때였다.

"약속하신 포상금은……."

종삼이 비굴한 얼굴로 양손을 벌렸다.

우호법은 부하 중 한 명에게 눈짓을 보내고는 이층으로 올라갔다.

종삼은 잽싸게 계산대로 다가갔다.

"주인어른, 나오세요."

철기방의 무인은 허리에 차고 있던 비도를 꺼내려다 종삼의 돌발행동 때문에 잠시 멈췄다.

"헤헤헤, 제가 이 객점 주인입니다."

객점 주인이 계산대 아래에서 빼꼼히 고개를 내밀었다.

"점소이, 더 부를 사람이 있느냐?"

"헤헤헤. 일하는 아이가 한 명 더 있긴 한데, 그 아이는 이 일에 대해 아무것도 모릅니다. 저희 둘뿐이라고 생각하시면 틀림없지요."

객점 주인이 친절하게 부연 설명을 하며 넉넉한 웃음을 지었다.

"그래? 확실하지?"

"그럼요. 저희 객점이 보기엔 허름해도 신용 하나는 믿을 만……."

파팟!

객점 주인의 말이 끝나기도 전에 은빛 선이 어둠을 가르며 객점 주인과 종삼을 지나갔다.

"무, 무슨……!"

종삼은 즉사를 면치 못했고, 계산대 뒤에 있던 객점 주인이 떨어져 나가는 자신의 어깨를 부여잡으며 입을 놀리려 했다.

스악—

턱과 코 사이를 칼날이 다시 한 번 지나갔다.

쿵.

객점 주인은 이내 바닥으로 쓰러졌다.

둘을 처리한 무인은 곧 이층으로 올라가 우호법과 합류했다.

"탈출구를 봉쇄해라."

우호법의 한마디에 무인들이 빠르게 흩어졌다.

이층 난간과 계단, 그리고 일층 입구에 자리를 잡은 무인들이 고갯짓으로 준비 완료를 알려왔다.

"……!"
구징효의 눈이 거짓말처럼 번쩍 떠졌다.
구징효에게 철기방 무인들의 어설픈 살기는 짙은 향수와 다름없었다.
눈을 뜨자마자 문을 노려봤다.
문과 창문.
어느 쪽으로 들이닥칠지 기척을 느끼려는 것이다.
'위쪽에선 기척이 느껴지지 않는다. 좋아, 놈들이 문을 여는 순간 정면 돌파다. 용악 저놈은 다 알고 있으면서 처리 좀 하지.'
구징효는 그동안의 경험으로 용악이 그런 수고를 할 리가 없는 인간이란 걸 잘 알고 있었다. 생각을 더 해봤자 약만 오를 뿐이었다. 이내 주먹에 진기를 주입시켰다.
팡!
문이 박살나며 정면으로 한 명이 들어왔고, 뒤쪽에 두어 명이 더 보였다. 다가올 때까지 기다리고 있던 구징효는 슬쩍 주먹을 휘둘렀다.
빡!
"컥!"

제일 먼저 다가오던 자의 면상이 일그러졌다.

달려드는 놈들의 맹목적인 모습은 뒤에서 그들을 조종하는 자가 따로 있다는 걸 알게 해주었다.

"귀찮게……."

구징효는 아직 처리하지 않은 두 무인을 한 방에 날리면서 곧장 창문을 부수며 뒤로 몸을 뉘었다.

"내려와! 니들이 누군지 묻지도 따지지도 않고 전부 죽여줄 테니까!"

구징효는 일부러 옆방에서 들을 수 있도록 큰 소리로 소리치며 떨어졌다.

그러나 그런 구징효의 노력이 한순간에 아무 소용 없는 짓이 되고 말았다.

뒤로 누운 구징효의 눈에 두 남녀가 보인 까닭이다.

"제길! 너, 너……!"

구징효는 굳이 보지 않아도 될 장면을 보고 말았다.

용악이 황보소소와 함께 구징효를 향해 손을 흔들어주고 있었다. 우호법 등이 주루로 들어오는 것을 듣자마자 황보소소를 데리고 지붕으로 올라간 것이다.

"용 소협, 왜 구 대협은 안 올라오시고……."

황보소소는 밑으로 떨어지는 구징효를 보며 의아한 듯 물었다.

"안 해도 되는데 굳이 힘자랑을 할 모양이네요."

용악은 고개까지 가로저으며 난감해하는 목소리로 대답했
다.

"힘자랑이요?"

"힘을 쓰고 싶어 일부러 안 올라온 것 같네요. 하지만 걱정
할 필요 없어요."

"걱정이 왜 안 돼요? 저렇게 사람들이 많은데."

황보소소는 가슴에 양손을 포개 얹으며 뒤로 물러섰다. 더
보고 있다가는 소리라도 지를 것 같았기 때문이다.

"구노 혼자 충분해요. 그렇지 않으면 제가 가만히 있겠어
요?"

"……."

황보소소는 용악이 어떻게 그런 것들을 알고 있는지 물어
보고 싶었으나, 담담하게 웃고 있는 용악을 보니 정말로 그럴
것 같았다.

"날 믿어요."

"…정말 괜찮을까요?"

황보소소는 걱정스런 눈으로 아래쪽을 내려다봤다.

용악의 말 덕분인지 그나마 보고 있을 수는 있었다.

퍼버벅!

구징효는 얄미운 용악을 대신해서 뒤따라 뛰어내리는 세
명의 가슴을 권풍으로 후려쳤다.

힐끗.

용악이 얄미워도 황보소소의 안전을 생각하고 객점에서 멀어지기로 했다.

유인하려는 것이다.

"큭!"

객점 입구로 나오던 구징효가 갑자기 멈춰 섰다.

객점 앞에서 구징효를 기다리고 있는 인원이 족히 수십 명은 넘어 보인 까닭이다. 용악에게 화가 나 기감을 펼치지 않은 것이 실수였다.

"셋이라고 했던 것 같은데… 나머지 둘은 어디 있느냐?"

구징효도 작은 덩치는 아니었으나 거한의 덩치는 구징효보다 머리 하나는 커 보였다.

"쿵. 질문하는 순서가 틀렸잖아. 니들 정체부터 밝혀야지."

구징효가 태연하게 반문했다.

"후후후, 나머지 둘의 행방을 말하면 편히 죽을 수 있게 해주지. 어떠냐?"

"큭. 이거야, 원. 한밤중에 찾아와 대뜸 공격을 하지 않나, 사람을 내놓으라고 생떼를 쓰질 않나. 이봐, 그런 식의 요구는 아무리 마음씨 좋은 나라도 들어주기 곤란하다고. 자초지종을 설명하고 사과부터하면 내 특별히 용서는 해주마."

"상황을 보고도 그런 말이 나오나?"

거한은 어이없는 웃음을 터뜨리며 주위를 손으로 가리켰다.

"상황? 상황이 어떤데? 너 빼고는 다 한주먹거리도 안 되는데? 사실 너도 그다지……. 크큭. 번거롭게 굴지 말고 너하고 나 일대일로 함 붙자. 깔끔하잖아? 겁나면 떼거리로 덤비든지. 크크크."

"……!"

구징효의 도발에 거한의 눈썹이 역팔자로 휘었다. 하나 쉽게 나서기엔 구징효에게서는 이유있는 당당함이 느껴졌다.

"믿는 구석이 있나? 사람들은 나를 거패부(巨覇斧) 중유라고 한다."

"그런데?"

"후후후. 죽기 전에 이름이나 알려주지 않겠느냐?"

"조잘조잘… 덩치는 산만 한 놈이 뭔 말만 그렇게 내뱉고. 아, 싸울 거야, 말 거야!"

구징효가 짜증 섞인 목소리로 버럭 화를 냈다.

"놈?"

중유는 싸늘하게 웃으며 손을 들어 구징효를 가리켰다. 중유의 명령이 떨어지기가 무섭게 철기방의 무인들이 일제히 도끼를 꺼내 들었다.

"결국 그거냐? 혼자선 나설 용기도 없는 놈이 뜸은 왜 그리 들여? 하품 나오게스리."

구징효는 중유의 행동을 한껏 비웃으며 살짝 발을 들었다가 내렸다.

쿵―!

쩌저저적!

구징효의 발에서 시작된 균열이 빠르게 퍼져 나가 사방을 거미줄 모양으로 만들었다. 알아서 도망칠 자는 도망치라는 일종의 위협이었다. 그래야 싸움이 쉬워지니까.

"아! 덩치, 한 가지만 묻자. 왜 우릴 공격한 게냐?"

"내공은 제법이구나."

"내공만?"

구징효의 입꼬리 한쪽이 올라갔다.

그리고는 중유를 향해 주먹을 연속으로 뻗었다.

꾸등!

구징효의 주먹을 떠난 권영이 수십 개의 돌개바람을 일으키며 포위한 자들을 향해 밀려 나갔다.

순간적으로 만들어낸 권풍이라고는 믿기지 않는 위력이었다. 저런 위력을 낼 수 있는 권은 중유의 기억에 거의 없었다.

다가오는 돌개바람을 보는 중유의 안색이 딱딱하게 굳어졌다.

"저 권(拳)은……."

십여 명이 동시에 던진 도끼가 구징효의 주먹이 일으킨 바람에 휘둘리며 사방으로 튕겨 나갔다.

"피해라! 무쌍권이다!"

퍼퍼펑!

싸움이 시작됐음을 알리는 요란한 폭음이 연속해서 터졌다. 용악은 아래쪽을 슬쩍 내려다보고는 낮게 한숨을 내쉬었다.

"구노다워. 저렇게 요란하게……."

용악이 직접 경험한 구징효의 실력이라면 좀 더 조용히 처리할 수도 있었다. 일부러 저러는 것이다. 빨리 내려와서 도와달라는 뜻으로.

"어머, 이게 무슨 소리예요, 용 소협?"

황보소소는 깜짝 놀라 고개를 들었다.

싸움을 지켜볼 용기가 안 나 애써 외면하고 있다가 폭음에 아래쪽을 내려다봤다. 그쯤 되면 당연히 용악이 나설 거라 여긴 황보소소의 행동이었으나, 용악은 모른 척 고개를 돌리고 있었다.

"용 소협?"

"구노에게 맡겨요."

"한식구나 다름없는 분이세요."

"그러니까 믿어야죠. 저렇게 요란하게 싸우는 건 황보 소저와 피해 있으라는 신호예요."

"아……."

반대의 의미였으나 황보소소는 용악의 말에 고개를 끄덕

였다.

"걱정할 필요 없다고 했잖아요. 구노의 몸은 엄청 단단해서 웬만큼 맞아도 티도 안 나요."

'몸이 단단한 것과 싸우는 것과 무슨 상관이 있는 거지? 단단하다는 뜻이 혹시… 무공이 강하다는 뜻인 걸까?'

황보소소가 고개를 갸웃거렸다.

그러나 다시 물어볼 기회는 없었다.

"쉿."

용악이 조용히 하라는 신호를 보냈기 때문이다.

황보소소는 재빨리 손으로 입을 막았다.

'객점 안을 다시 조사하려는 건가?'

용악의 감각이 객점 이층, 정확히는 황보소소의 방 앞에 선 자에게 닿았다.

모두 여섯.

용악의 방을 먼저 살핀 후 황보소소의 방을 열었다.

여자가 묵었던 방이란 것을 알았는지 용악의 방에 있을 때보다 오래 있었다.

곧 객점 입구에서 나올 것이다.

용악은 슬쩍 자리에서 일어나 객점 입구 쪽을 쳐다봤다. 마침 십여 명의 무사가 구징효를 덮쳤다가 그대로 튕겨져 나가는 모습이 보였다.

"진짜 단단한 몸이라니까."

용악은 일흡 벽심에 맞고도 말을 하던 구정효의 모습을 떠올리며 고개를 절레절레 흔들었다.

"구 대협의 몸이 그렇게 단단해요?"

황보소소가 호기심 어린 표정을 지으며 용악의 어깨 위로 고개를 들며 아래쪽을 내려다봤다.

"단단해요."

"어디 봐요."

용악은 슬쩍 어깨를 들어 황보소소의 시선을 가렸다.

황보소소가 반대쪽으로 움직이자 이번엔 반대쪽 어깨를 들어서 시선을 가렸다.

"보게 해줘요."

"그러다 들켜요."

"걱정된단 말예요."

"구노는 몸이 단단해서 괜찮아요."

"으으……."

반복되는 용악의 대답에 황보소소는 약 오른 표정으로 묘한 소리를 냈다.

용악에겐 면사 안의 볼을 잔뜩 부풀린 얼굴이 보였다. 안 보이는 줄 알고 혼자 있을 때의 습관이 나온 모양이다.

'예쁘네.'

마치 처음 보는 얼굴인 것처럼 용악은 황보소소의 표정을 보며 픽 웃었다.

구징효의 정체가 무쌍권이란 것을 안 중유의 분위기가 확연히 달라졌다. 거대한 도끼를 들고 양옆에는 좌우호법을 세웠으며 객점 전체를 철기방 무인들로 에워쌌다.

"큭. 내가 누군지 알았는데도 해보겠다는 거냐?"

구징효는 말은 편하게 했지만 의외로 숫자가 줄어들지를 않자 슬슬 짜증이 치밀어 올랐다.

'셋에다 졸개들까지. 녀석이 한 번만 도와주면 가능한데……'

구징효의 시선이 아주 잠깐 객점 지붕을 향했으나 용악과 황보소소의 모습은 이미 보이지 않았다.

"큼, 좋다. 기회를 주마. 저 허접들은 다 빼고 너희 셋과 나 함 붙자. 어때?"

중유 등에게 한 말이 아니라 용악이 들으라고 한 말이었다. 철기방 무인들만이라도 잡아놓고 있어달라는 뜻이었다.

"큭."

갑자기 구징효의 입에서 짧은 웃음이 터져 나왔다.

어느새 구징효도 황보소소를 보호하는 쪽으로 생각이 바뀌어 있었다.

"정말 혼자서 우리 셋과 싸우기라도 하겠다는 건가?"

중유는 자신과 두 호법의 실력이 절정고수라 불리기엔 모자라도 거의 근접했다고 여기고 있었다. 아무리 구징효라도 세 사람을 동시에 상대하겠다는 건 오만이라고 여겼다.

셋이 뭉쳤을 때의 위력을 모르기에 가능한 소리였다.

세 사람은 서로에 대해 너무나 잘 알기에 각자의 모자란 부분을 채워줄 수 있었다.

"큭. 같은 말을 또 하게 할 셈이냐?"

"후후후. 무쌍권, 당신에 대한 소문은 익히 들어 알고 있소. 하나 아무리 당신이라도 우리 셋을 감당할 수 없소. 여자를 넘기고 오늘 일에 대해 아무 말도 안 한다면 그냥 보내주겠소."

"……."

구징효는 중유를 빤히 쳐다봤다.

오해하기 쉬운 침묵이었다.

"우린 오래 기다려 줄 여유가……."

"뭐 해? 안 와? 안 오면 내가 먼저 간다?"

"뭣!"

"덩치는 산만 한 놈이 말은 더럽게 많네."

구징효의 목소리에 짜증이 배어 있었다.

'뭐지, 저런 자신감은?'

중유로선 구징효와 같은 상대를 만나본 적이 없었다.

구징효의 자신감에 어느새 주눅이 들게 된 것이다.

지금과 느낌을 받은 적이 있었다. 철기방 전 방주이자 중유의 사부인 철갑무부 독패에게 느꼈던 그 당당함이 구징효에게서도 느껴졌다.

"크큭, 겁나냐?"

구징효는 중유의 얼굴에 떠오른 감정을 읽고서 기괴하게 웃었다.

"방주님, 명령을 내려주십시오."

"당장 머리를 터뜨려 버리겠습니다."

좌우호법이 동시에 으르렁거렸다.

"큭. 진짜 말 많네. 시작하지 않았다면 몰라도 이미 시작한 이상, 그 결과는 너희들이 책임져야 해."

"당신 역시 마찬가지겠지."

쿠우우!

중유와 두 호법의 상체가 갑자기 거대해졌다.

오십 근은 족히 나갈 도끼를 휘두르기 위해 기형적으로 상체를 키운 탓이다.

콰와— 욱!

세 방향에서 일제히 도끼들이 구징효를 향해 날아갔다.

'무기를 버려?

구징효는 세 명이 느닷없이 도끼부터 날리자 황당한 표정이 됐다. 구징효에겐 셋의 행동이 무기를 버리는 것과 마찬가지였기 때문이다.

다다다—

날아오는 도끼를 향해 전속력으로 달려간 구징효는 상체

를 숙였다. 머리 위로 도끼가 지나갔다.

이제 세 사람과의 거리는 이 장.

주먹만 뻗으면 셋을 날려 버릴 수 있는 거리였다.

"한 방에 해결하… 응?"

무모한 공격을 한 세 사람과 눈이 마주쳤다.

전혀 다급하지 않은 눈들.

아직 공격은 끝나지 않은 것이다.

구징효는 달려가던 가속도를 줄이지 않고 몸을 회전시키며 뒤쪽을 향해 양 주먹을 합쳐서 뻗었다.

팡!

술병에서 마개가 빠지는 소리와 함께 구징효의 주먹을 떠난 기운이 순식간에 거대해지며 되돌아오는 도끼를 한입에 집어삼켰다.

쿠콰콰쾅!

무쌍권 대붕.

도끼에 담긴 힘과 권이 충돌하며 사방을 거칠게 할퀴며 지나갔다.

"무쌍권, 거기까지요."

중유와 두 호법은 이 장 안까지 무방비로 들어온 구징효를 노려보며 손을 뒤로 뻗은 상태였다.

움켜쥔 그들의 손바닥에는 손가락들이 틈 하나 없이 일체화되어 있었다. 오십 근이 넘는 도끼를 나뭇가지처럼 다루는 그들의 악력(握力)은 주먹을 단순한 타격의 도구로 그치지 않게 했다.

"……!"

구징효의 험상궂은 얼굴이 일그러졌다.

콰쾅!

셋의 주먹을 고스란히 맞은 구징효의 신형이 실 끊어진 연처럼 허공을 날아갔다.

"그 와중에 몸을 보호한 건가?"

중유는 철벽이라도 때린 것처럼 저려오는 주먹을 내려다봤다.

"그렇다고 해도 즉사를 면하긴 어려울 것입니다."

"정확히 양쪽 가슴과 명치였습니다."

두 호법은 구징효의 죽음을 확신했다.

그때, 중유의 입이 쩍 벌어졌다.

"방주님?"

"저, 저럴 수가……!"

중유가 가리킨 곳.

바닥에 몇 번이나 튕겨지며 날아갔던 구징효의 신형이 서서히 일어나고 있었다.

"큭. 그따위 주먹질이 내게 통할까 보냐!"

구징효는 세 사람을 향해 일갈을 터뜨린 후 천천히 움직였다.

"……!"

중유의 눈이 찢어질 듯 커졌다.

황당하게도 구징효는 피도 흘리지 않았다.

"저, 저런 황당한……."

두 호법 역시 놀란 입을 다물 줄 몰랐다.

중유와 두 호법이 구징효에게 정신이 팔려 있는 동안 주루 안에서도 은밀한 움직임이 있었다.

지붕을 살피기 위해 올라오는 자들이었다.

"도망갈 곳이라곤 여기밖에 없는… 컥!"

무인 한 명이 지붕으로 올라오는 창문을 열다 갑자기 아래로 떨어졌다.

텅!

창문이 닫히며 소리를 냈다.

"응? 용 소협……."

황보소소는 갑자기 난 소리에 최대한 조용히 용악을 불렀다. 그리고는 소리가 난 곳을 긴 손가락으로 가리켰다.

"왜 그래요?"

용악은 황보소소를 보며 의아한 표정을 지었다.

철기방 무인을 돌조각을 날려 기절시켰으면서 시침을 뚝 뗐다.

"누가 올라오는 것 같아요."

“정말요?”

“소리가 났어요.”

“어디서요?”

“저기…….”

“아무도 없는데요?”

“…소리가 났는데…….”

황보소소의 볼멘 목소리가 겁에 질려 있었다. 용악은 장난
스럽게 웃었다.

“올라오는 자가 있어서 돌을 던졌어요.”

“예?”

“쉿.”

“…….”

“또 올라오려나 봐요.”

용악은 마치 숨바꼭질하는 사람처럼 웃으며 손가락을 튕
겼다.

팅—

빠르게 날아간 돌조각은 벽에 부딪쳤다 반원을 그리며 내
다보는 자의 이마에 적중했다.

텅!

“맞아요. 저 소리예요.”

“내가 그랬잖아요.”

“…….”

황보소소는 아래쪽 창문을 내다볼 엄두는 내지 못했지만
다행이라 여기고 슬며시 몸을 뒤로 뺐다.

"안 봐도 돼요?"

"아, 아뇨. 됐어요."

황보소소는 어색한 웃음과 함께 대답하고는 다른 곳을 돌
아봤다.

텅!

용악의 손가락이 다시 튕겨지는 소리였다.

전력을 다한 연속 공격이 막혔다. 죽이지는 못하더라도 중
상 정도는 입을 줄 알았던 중유와 두 호법은 빠르게 시선을
교환했다.

구정효를 죽이는 건 힘드니 목적을 이루자.

굳이 말을 하지 않아도 뜻은 전달됐다.

"무쌍권, 허명이 아니었소. 우린 돌아가겠소."

중유는 두 호법에게 손짓하고는 정말로 자리를 떠나기라
도 할 것처럼 도끼를 어깨에 맸다.

"큭. 세상 일이 그렇게 쉬우면 얼마나 좋겠느냐. 마음대로
시작하고 마음대로 끝내고. 어림없다!"

구정효는 일갈을 터뜨리며 중유를 향해 권을 뻗었다.

신법은 세 사람에 비해 느린 반면, 공격이 시작된 후 도달
하는 시간은 엄청나게 빠른 구정효였다.

중유가 도끼를 빼내 구징효의 주먹을 막는 순간, 두 호법은 자리를 떠나 구징효의 뒤쪽으로 날아갔다.

쾅!

'윽! 이런 괴물 같은 힘이!'

중유는 도끼로 구징효의 주먹을 막으려 했으나, 구징효의 힘은 그의 상상을 초월할 정도로 엄청났다. 결국 어깨까지 동원해야 했다.

"하는 짓 하고는!"

'성공인가?'

구징효의 분노에 찬 목소리가 들리자 중유는 두 호법이 성공한 줄 알고 도끼를 거두려 했다.

그러나 구징효의 공격은 멈추지 않았다.

"웃!"

쾅!

중유는 하마터면 도끼를 놓칠 뻔했다.

도끼를 두들기는 구징효의 주먹은 조금 전보다 훨씬 무거워져 있었다.

"좌우호법, 철수한다!"

중유의 자세가 바뀌었다.

수비 위주에서 공격으로 전환한 도끼가 무시무시한 경기를 뿜어내며 장내를 휩쓸었고, 구징효가 잠시 주춤하는 사이 중유는 두 호법과 함께 사라졌다.

곧이어 중유와 두 호법을 잃은 철기방이 무인들이 일제히
객점을 떠났다.

"이것들이!"

구징효가 이를 갈며 막 중유의 뒤를 쫓으려 할 때였다.

"구노, 꼬마부터 챙겨요."

객점 입구로부터 용악과 황보소소가 걸어나오고 있었다.

"저놈들이 도망가도록 내버려 두라고?"

"그냥 둬요."

용악은 대답과 함께 중유가 사라진 방향을 돌아봤다.

'일단은.'

당연히 돌아가게 내버려 둘 수 없었다.

〈제1권끝〉

武林君子
무림군자
장진영 新무협 판타지 소설
무림은 그를 영웅이라 불렀고,
그는 자신을 소인이라 칭했다.
"사람이 가져야 할 것 중 가장 기본은 인의(人義). 자신이 정한 바
를 흔들림없이 나아가는
것이 바로 군자의 도(道)다."
얽히고설킨 그들의 인연에 의해 시간의 수레바퀴가 돌아가고,
숨죽였던 무림이 풍룡과 함께 웅대한 날개를 펼친다!!

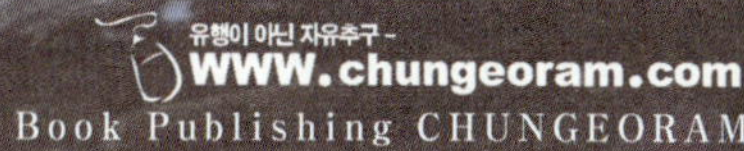

유행이 아닌 자유추구 -
WWW.chungeoram.com
Book Publishing CHUNGEORAM

검의 길을 걷길 원했지만, 태생적인 한계로
꿈을 접어야 했던 치유사 랑스.
그러나 결코 접을 수 없었던 지고(至高)의 꿈을 위해,
자신이 가진 모든 재능을 이용해 최강의 적과 맞서 싸운다!

총탄과 포탄과 마법이 난무하는 전장의 한복판을 지배하는 최강의 전력 기사!
그런 기사에 맞서기 위해, 랑스는 금지된 힘에 손을 대고야 마는데……

과학과 문명이 발달된 새로운 판타지의 전쟁!

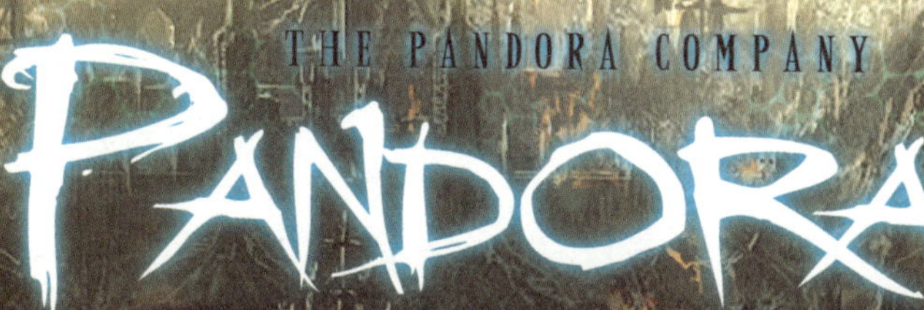

제국 帝国 무산전기

허담 新무협 판타지 소설

신황 단목천의 전무후무한 무림제국이 홀연히 붕괴한 후 삼백 년,
강호의 혼란을 종식시키고자 새롭게 등장한 무산(武山) 천의맹!
그 천의맹에 대변혁의 바람이 분다.

신황 단목천의 영광을 재현하려는 무림의 영웅들!
과연 새로운 무림제국은 다시 탄생할 수 있을 것인가?

그 혼란의 폭풍 속으로 독각수 적풍이 걸어 들어간다.
적풍과 함께 떠나는
파란만장한 강호의 대서사시!